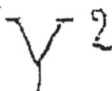

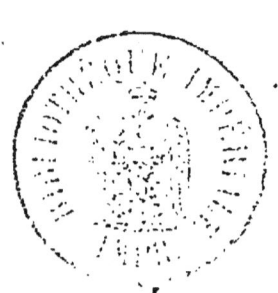

ATALA,

RENÉ, LE DERNIER ABENCERRAGE.

ATALA,

RENÉ,

LE

DERNIER ABENCERRAGE,

PAR

M. de Chateaubriand.

—

Nouvelle édition.

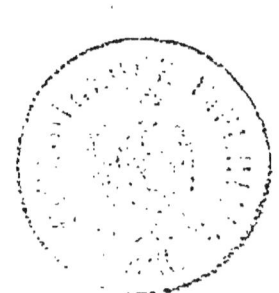

1715

❖◆◄◄◄◄◄◄◘▶►►►►►►❖

A BRUXELLES,

ET DANS LES PRINCIPALES VILLES DE L'ÉTRANGER,

CHEZ TOUS LES LIBRAIRES.

—

1850

Atala a été réimprimé douze fois à Paris, cinq fois séparément, et sept fois dans le *Génie du Christianisme.* Si l'on confrontait ces douze éditions, à peine en trouverait-on deux tout à fait semblables.

La treizième, que je publie aujourd'hui, a été revue avec le plus grand soin. J'ai consulté des amis prompts à me censurer ; j'ai pesé chaque phrase, examiné chaque mot. Le style, dégagé des épithètes qui l'embarrassaient, marche peut-être avec plus de naturel et de simplicité. J'ai mis plus d'ordre et de suite dans quelques idées; j'ai fait disparaître jusqu'aux moindres incorrections de langage. M. de la Harpe me disait au sujet d'*Atala* : « Si vous voulez vous enfermer avec moi seulement quelques heures, ce temps nous suffira pour effacer les taches qui font crier si haut vos censeurs. » J'ai passé quatre ans à revoir cet épisode, mais aussi il est tel qu'il doit rester : c'est la seule Atala que je reconnaîtrai à l'avenir.

Cependant il y a des points sur lesquels je n'ai pas cédé entièrement à la critique : on a prétendu que quelques sentiments exprimés par le père Aubry renfermaient une doctrine désolante ; on

a, par exemple, été révolté de ce passage (nous
avons aujourd'hui tant de sensibilité !) :

« Que dis-je ! ô vanité des vanités ! Que parlé-
je de la puissance des amitiés de la terre ! Voulez-vous, ma chère fille, en connaître l'étendue ?
Si un homme revenait à la lumière quelques années après sa mort, je doute qu'il fût revu avec
joie par ceux-là mêmes qui ont donné le plus de
larmes à sa mémoire : tant on forme vite d'autres
liaisons, tant on prend facilement d'autres habitudes, tant l'inconstance est naturelle à l'homme,
tant notre vie est peu de chose, même dans le
cœur de nos amis ! »

Il ne s'agit pas de savoir si ce sentiment est
pénible à avouer, mais s'il est vrai et fondé sur la
commune expérience. Il serait difficile de ne pas
en convenir. Ce n'est pas surtout chez les Français
que l'on peut avoir la prétention de ne rien
oublier. Sans parler des morts, dont on ne se
souvient guère, que de vivants sont revenus dans
leurs familles et n'y ont trouvé que l'oubli, l'humeur et le dégoût ! D'ailleurs, quel est ici le but
du père Aubry ? N'est-ce pas d'ôter à Atala tout
regret d'une existence qu'elle vient de s'arracher
volontairement, et à laquelle elle voudrait en vain
revenir ? Dans cette intention, le missionnaire, en
exagérant même à cette infortunée les maux de
la vie, ne ferait encore qu'un acte d'humanité.
Mais il n'est pas nécessaire de recourir à cette
explication : le père Aubry exprime une chose
malheureusement trop vraie. S'il ne faut pas calomnier la nature humaine, il est aussi très-inu-
tile de la voir meilleure qu'elle ne l'est en effet.

Le même critique, M. l'abbé Morellet, s'est encore élevé contre cette autre pensée, comme fausse et paradoxale :

« Croyez-moi, mon fils, les douleurs ne sont point éternelles ; il faut tôt ou tard qu'elles finissent, parce que le cœur de l'homme est fini. C'est une de nos grandes misères : nous ne sommes pas même capables d'être longtemps malheureux. »

Le critique prétend que cette sorte d'incapacité de l'homme pour la douleur est au contraire un des grands biens de la vie. Je ne lui répondrai pas que, si cette réflexion est vraie, elle détruit l'observation qu'il a faite sur le premier passage du discours du père Aubry. En effet, ce serait soutenir, d'un côté, que l'on n'oublie jamais ses amis ; et de l'autre, qu'on est très-heureux de n'y plus penser. Je remarquerai seulement que l'habile grammairien me semble ici confondre les mots. Je n'ai pas dit : « C'est une de nos grandes *infortunes*, » ce qui serait faux, sans doute ; mais : « C'est une de nos grandes *misères*, » ce qui est très-vrai. Eh ! qui ne sent que cette impuissance où est le cœur de l'homme de nourrir longtemps un sentiment, même celui de la douleur, est la preuve la plus complète de sa stérilité, de son indigence, de sa *misère* ? M. l'abbé Morellet paraît faire, avec beaucoup de raison, un cas infini du bon sens, du jugement, du naturel. Mais suit-il toujours dans la pratique la théorie qu'il professe ? Il serait assez singulier que ses idées riantes sur l'homme et sur la vie me donnassent le droit de le soupçonner, à mon tour, de porter dans ses sentiments l'exaltation et les illusions de la jeunesse.

La nouvelle nature et les mœurs nouvelles que j'ai peintes m'ont attiré encore un autre reproche peu réfléchi : on m'a cru l'inventeur de quelques détails extraordinaires, lorsque je rappelais seulement des choses connues de tous les voyageurs. Des notes ajoutées à cette édition d'*Atala* m'auraient aisément justifié ; mais s'il en avait fallu mettre dans tous les endroits où chaque lecteur pouvait en avoir besoin, elles auraient bientôt surpassé la longueur de l'ouvrage ; j'ai donc renoncé à faire des notes.

René, qui accompagne *Atala* dans la présente édition, n'avait point encore été imprimé à part. Je ne sais s'il continuera d'obtenir la préférence que plusieurs personnes lui donnent sur *Atala*. Il fait suite naturelle à cet épisode, dont il diffère néanmoins par le style et par le ton. Ce sont à la vérité les mêmes lieux et les mêmes personnages ; mais ce sont d'autres mœurs et un autre ordre de sentiments et d'idées.

J'ajouterai que, quant au style, *René* a été revu avec autant de soin qu'*Atala*, et qu'il a reçu le degré de perfection que je suis capable de lui donner.

ATALA.

PROLOGUE.

La France possédait autrefois, dans l'Amérique septentrionale, un vaste empire qui s'étendait depuis le Labrador jusqu'aux Florides, et depuis les rivages de l'Atlantique jusqu'aux lacs les plus reculés du haut Canada.

Quatre grands fleuves, ayant leurs sources dans les mêmes montagnes, divisaient ces régions immenses : le fleuve Saint-Laurent qui se perd à l'est dans le golfe de son nom ; la rivière de l'Ouest qui porte ses eaux à des mers inconnues; le fleuve Bourbon, qui se précipite du midi au nord dans la baie d'Hudson, et le Meschacébé[1], qui tombe du nord au midi dans le golfe du Mexique.

Ce dernier fleuve, dans un cours de plus de mille lieues, arrose une délicieuse contrée que les habitants des Etats-Unis appellent le nouvel Eden,

---

[1] Vrai nom du Mississipi ou Meschassipi. — *Meschacébé* signifie *aïeul des fleuves.*

et à laquelle les Français ont laissé le doux nom
de Louisiane. Mille autres fleuves, tributaires du
Meschacébé, le Missouri, l'Illinois, l'Arkanza,
l'Ohio, le Wabache, le Tenase, l'engraissent de
leur limon et la fertilisent de leurs eaux. Quand
tous ces fleuves se sont gonflés des déluges de
l'hiver, quand les tempêtes ont abattu des pans
entiers de forêts, les arbres déracinés s'assemblent
sur les sources. Bientôt les vases les cimentent,
les lianes les enchaînent, et des plantes y prenant
racine de toutes parts achèvent de consolider ces
débris. Charriés par les vagues écumantes, ils descendent au Meschacébé. Le fleuve s'en empare,
les pousse au golfe mexicain, les échoue sur des
bancs de sable et accroît ainsi le nombre de ses
embouchures. Par intervalle, il élève sa voix, en
passant sous les monts, et répand ses eaux débor-
dées autour des colonnades des forêts et des
pyramides des tombeaux indiens : c'est le Nil des
déserts. Mais la grâce est toujours unie à la magnificence dans les scènes de la nature : tandis que le
courant du milieu entraîne vers la mer les cadavres des pins et des chênes, on voit sur les deux
courants latéraux remonter, le long des rivages,
des îles flottantes de pistia et de nénufar, dont
les roses jaunes s'élèvent comme de petits pavil-
lons. Des serpents verts, des hérons bleus, des
flamants roses, de jeunes crocodiles s'embarquent
passagers sur ces vaisseaux de fleurs, et la colonie,
déployant au vent ses voiles d'or, va aborder endormie dans quelque anse retirée du fleuve.

Les deux rives du Meschacébé présentent le
tableau le plus extraordinaire. Sur le bord occi-

dental, des savanes se déroulent à perte de vue ;
leurs flots de verdure, en s'éloignant, semblent
monter dans l'azur du ciel où ils s'évanouissent.
On voit dans ces prairies sans bornes errer à l'aventure des troupeaux de trois ou quatre mille buffles
sauvages. Quelquefois un bison chargé d'années,
fendant les flots à la nage, se vient coucher parmi de
hautes herbes, dans une île du Meschacébé. A son
front orné de deux croissants, à sa barbe antique
et limoneuse, vous le prendriez pour le dieu du
fleuve, qui jette un œil satisfait sur la grandeur
de ses ondes et la sauvage abondance de ses rives.

Telle est la scène sur le bord occidental ; mais
elle change sur le bord opposé, et forme avec la
première un admirable contraste. Suspendus sur
le cours des eaux, groupés sur les rochers et sur
les montagnes, dispersés dans les vallées, des
arbres de toutes les formes, de toutes les couleurs,
de tous les parfums, se mêlent, croissent ensemble,
montent dans les airs à des hauteurs qui fatiguent
les regards. Les vignes sauvages, les bignonias,
les coloquintes, s'entrelacent au pied de ces arbres,
escaladent leurs rameaux, grimpent à l'extrémité
des branches, s'élancent de l'érable au tulipier,
du tulipier à l'alcée, en formant mille grottes,
mille voûtes, mille portiques. Souvent égarées
d'arbre en arbre, ces lianes traversent des bras
de rivières, sur lesquels elles jettent des ponts de
fleurs. Du sein de ces massifs, le magnolia élève
son cône immobile ; surmonté de ses larges roses
blanches, il domine toute la forêt, et n'a d'autre
rival que le palmier qui balance légèrement auprès
de lui ses éventails de verdure.

Une multitude d'animaux, placés dans ces retraites par la main du Créateur, y répandent l'enchantement et la vie. De l'extrémité des avenues, on aperçoit des ours enivrés de raisins, qui chancellent sur les branches des ormeaux ; des cariboux se baignent dans un lac ; des écureuils noirs se jouent dans l'épaisseur des feuillages ; des oiseaux-moqueurs, des colombes de Virginie, de la grosseur d'un passereau, descendent sur les gazons rougis par les fraises ; des perroquets verts à tête jaune, des piverts empourprés, des cardinaux de feu, grimpent en circulant au haut des cyprès ; des colibris étincellent sur le jasmin des Florides, et des serpents-oiseleurs sifflent suspendus aux dômes des bois, en s'y balançant comme des lianes.

. Si tout est silence et repos dans les savanes de l'autre côté du fleuve, tout ici, au contraire, est mouvement et murmure : des coups de bec contre le tronc des chênes, des froissements d'animaux qui marchent, broutent ou broient entre leurs dents les noyaux des fruits, des bruissements d'ondes, de faibles gémissements, de sourds beuglements, de doux roucoulements, remplissent ces déserts d'une tendre et sauvage harmonie. Mais quand une brise vient à animer ces solitudes, à balancer ces corps flottants, à confondre ces masses de blanc, d'azur, de vert, de rose, à mêler toutes les couleurs, à réunir tous les murmures, alors il sort de tels bruits du fond des forêts, il se passe de telles choses aux yeux, que j'essayerais en vain de les décrire à ceux qui n'ont point parcouru ces champs primitifs de la nature.

Après la découverte du Meschacébé par le père
Marquette et l'infortuné la Salle, les premiers
Français qui s'établirent au Biloxi et à la Nou-
velle-Orléans firent alliance avec les Natchez,
nation indienne, dont la puissance était redoutable dans ces contrées. Des querelles et des jalousies ensanglantèrent dans la suite la terre de l'hospitalité. Il y avait parmi ces sauvages un vieillard
nommé Chactas [1], qui, par son âge, sa sagesse,
et sa science dans les choses de la vie, était le pa-
triarche et l'amour des déserts. Comme tous les
hommes, il avait acheté la vertu par l'infortune.
Non-seulement les forêts du nouveau monde furent remplies de ses malheurs, mais il les porta
jusque sur les rivages de la France. Retenu aux
galères à Marseille par une cruelle injustice, rendu
à la liberté, présenté à Louis XIV, il avait conversé
avec les grands hommes de ce siècle et assisté aux
fêtes de Versailles, aux tragédies de Racine, aux
oraisons funèbres de Bossuet, en un mot, le sauvage avait contemplé la société à son plus haut
point de splendeur.

Depuis plusieurs années, rentré dans le sein de
sa patrie, Chactas jouissait du repos. Toutefois le
ciel lui vendait encore cher cette faveur : le vieillard était devenu aveugle. Une jeune fille l'accompagnait sur les coteaux du Meschacébé, comme
Antigone guidait les pas d'OEdipe sur le Cythé-
ron, ou comme Malvina conduisait Ossian sur les
rochers de Morven.

Malgré les nombreuses injustices que Chactas

[1] La voix harmonieuse.

avait éprouvées de la part des Français, il les aimait. Il se souvenait toujours de Fénelon, dont il avait été l'hôte, et désirait pouvoir rendre quelque service aux compatriotes de cet homme vertueux. Il s'en présenta une occasion favorable. En 1725, un Français nommé René, poussé par des passions et des malheurs, arriva à la Louisiane. Il remonta le Meschacébé jusqu'aux Natchez, et demanda à être reçu guerrier de cette nation. Chactas l'ayant interrogé, et le trouvant inébranlable dans sa résolution, l'adopta pour fils, et lui donna pour épouse une Indienne appelée Céluta. Peu de temps après ce mariage, les sauvages se préparèrent à la chasse du castor.

Chactas, quoique aveugle, est désigné par le conseil des sachems [1] pour commander l'expédition, à cause du respect que les tribus indiennes lui portaient. Les prières et les jeûnes commencent; les jongleurs interprètent les songes; on consulte les Manitous; on fait des sacrifices de petun; on brûle des filets de langue d'orignal; on examine s'ils petillent dans la flamme, afin de découvrir la volonté des génies; on part enfin, après avoir mangé le chien sacré. René est de la troupe. A l'aide des contre-courants, les pirogues remontent le Meschacébé, et entrent dans le lit de l'Ohio. C'est en automne. Les magnifiques déserts du Kentucky se déploient aux yeux étonnés du jeune Français. Une nuit, à la clarté de la lune, tandis que tous les Natchez dorment au fond de leurs pirogues, et que la flotte indienne,

[1] Vieillards ou conseillers.

élevant ses voiles de peaux de bêtes, fuit devant
une légère brise, René, demeuré seul avec Chactas, lui demande le récit de ses aventures. Le
vieillard consent à le satisfaire, et assis avec lui
sur la poupe de la pirogue, il commence en ces
mots :

LE RÉCIT. — LES CHASSEURS.

C'est une singulière destinée, mon cher fils,
que celle qui nous réunit. Je vois en toi l'homme
civilisé qui s'est fait sauvage ; tu vois en moi
l'homme sauvage, que le grand Esprit (j'ignore
pour quel dessein) a voulu civiliser. Entrés l'un
et l'autre dans la carrière de la vie par les deux
bouts opposés, tu es venu te reposer à ma place,
et j'ai été m'asseoir à la tienne : ainsi nous avons
dû avoir des objets une vue totalement différente.
Qui, de toi ou de moi, a le plus gagné ou le plus
perdu à ce changement de position ? C'est ce que
savent les génies, dont le moins savant a plus de
sagesse que tous les hommes ensemble.

A la prochaine lune des fleurs [1], il y aura sept
fois dix neiges, et trois neiges de plus [2], que
ma mère me mit au monde sur les bords du
Meschacébé. Les Espagnols s'étaient depuis peu
établis dans la baie de Pensacola, mais aucun
blanc n'habitait encore la Louisiane. Je comptais
à peine dix-sept chutes de feuilles, lorsque je

[1] Mois de mai.
[2] Neige pour année : 75 ans.

marchai avec mon père, le guerrier Outalissi,
contre les Muscogulges, nation puissante des Florides. Nous nous joignîmes aux Espagnols nos
alliés, et le combat se donna sur une des branches de la Mobile. Areskoui [1] et les Manitous ne
nous furent pas favorables. Les ennemis triomphè-
rent; mon père perdit la vie; je fus blessé deux
fois en le défendant. Oh ! que ne descendis-je alors
dans le pays des âmes [2] ! j'aurais évité les malheurs qui m'attendaient sur la terre. Les esprits
en ordonnèrent autrement : je fus entraîné par
les fuyards à Saint-Augustin.

Dans cette ville, nouvellement bâtie par les Espagnols, je courais le risque d'être enlevé pour
les mines de Mexico, lorsqu'un vieux Castillan,
nommé Lopez, touché de ma jeunesse et de ma
simplicité, m'offrit un asile, et me présenta à une
sœur avec laquelle il vivait sans épouse.

Tous les deux prirent pour moi les sentiments
les plus tendres. On m'éleva avec beaucoup de
soin, on me donna toutes sortes de maîtres ; mais,
après avoir passé trente lunes à Saint-Augustin,
je fus saisi du dégoût de la vie des cités. Je dépé-
rissais à vue d'œil : tantôt je demeurais immobile
pendant des heures, à contempler la cime des
lointaines forêts ; tantôt on me trouvait assis au
bord d'un fleuve, que je regardais tristement
couler. Je me peignais les bois à travers lesquels
cette onde avait passé, et mon âme était tout entière à la solitude.

---

[1] Dieu de la guerre.
[2] Les enfers.

Ne pouvant plus résister à l'envie de retourner au désert, un matin je me présentai à Lopez, vêtu de mes habits de sauvage, tenant d'une main mon arc et mes flèches, et de l'autre mes vêtements européens. Je les remis à mon généreux protecteur, aux pieds duquel je tombai, en versant des torrents de larmes. Je me donnai des noms odieux, je m'accusai d'ingratitude : « Mais enfin, lui dis-je, ô mon père ! tu le vois toi-même : je meurs, si je ne reprends la vie de l'Indien. »

Lopez, frappé d'étonnement, voulut me détourner de mon dessein. Il me représenta les dangers que j'allais courir, en m'exposant à tomber de nouveau entre les mains des Muscogulges. Mais voyant que j'étais résolu à tout entreprendre, fondant en pleurs, et me serrant dans ses bras : « Va, s'écria-t-il, enfant de la nature ! reprends cette indépendance de l'homme que Lopez ne te veut point ravir. Si j'étais plus jeune moi-même, je t'accompagnerais au désert (où j'ai aussi de doux souvenirs !) et je te remettrais dans les bras de ta mère. Quand tu seras dans tes forêts, songe quelquefois à ce vieil Espagnol qui te donna l'hospitalité, et rappelle-toi, pour te porter à l'amour de tes semblables, que la première expérience que tu as faite du cœur humain a été toute en sa faveur. » Lopez finit par une prière au Dieu des chrétiens, dont j'avais refusé d'embrasser le culte, et nous nous quittâmes avec des sanglots.

Je ne tardai pas à être puni de mon ingratitude. Mon inexpérience m'égara dans les bois, et je fus pris par un parti de Muscogulges et de Siminoles, comme Lopez me l'avait prédit. Je fus reconnu pour Natchez à mon vêtement et aux plumes qui ornaient ma tête. On m'enchaîna, mais légèrement, à cause de ma jeunesse. Simaghan, le chef de la troupe, voulut savoir mon nom; je répondis : « Je m'appelle Chactas, fils d'Outalissi, fils de Miscou, qui ont enlevé plus de cent chevelures aux héros muscogulges. » Simaghan me dit : « Chactas, fils de Miscou, réjouis-toi; tu seras brûlé au grand village. « Je repartis : « Voilà qui va bien;.» et j'entonnai ma chanson de mort.

Tout prisonnier que j'étais, je ne pouvais, durant les premiers jours, m'empêcher d'admirer mes ennemis. Le Muscogulge, et surtout son allié le Siminole, respire la gaieté, l'amour, le contentement. Sa démarche est légère, son abord ouvert et serein. Il parle beaucoup et avec volubilité; son langage est harmonieux et facile. L'âge même ne peut ravir aux sachems cette simplicité joyeuse : comme les vieux oiseaux de nos bois, ils mêlent encore leurs vieilles chansons aux airs nouveaux de leur jeune postérité.

Les femmes qui accompagnaient la troupe témoignaient pour ma jeunesse une pitié tendre et une curiosité aimable. Elles me questionnaient sur ma mère, sur les premiers jours de ma vie; elles voulaient savoir si l'on suspendait mon berceau de mousse aux branches fleuries des érables, si les brises m'y balançaient auprès du nid des petits oiseaux. C'étaient ensuite mille autres questions sur l'état de mon cœur : elles me demandaient si j'avais vu une biche blanche dans mes songes, et si les arbres de la vallée secrète m'a vaient conseillé d'aimer. Je répondais avec naïveté aux mères, aux filles et aux épouses des hommes. Je leur disais : « Vous êtes les grâces du jour, et la nuit vous aime comme la rosée. L'homme sort de votre sein pour se suspendre à votre mamelle et à votre bouche; vous savez des paroles magiques qui endorment toutes les douleurs. Voilà ce que m'a dit celle qui m'a mis au monde, et qui ne me reverra plus! Elle m'a dit encore que les vierges étaient des fleurs mystérieuses qu'on trouve dans les lieux solitaires. »

Ces louanges faisaient beaucoup de plaisir aux femmes; elles me comblaient de toute sorte de dons; elles m'apportaient de la crème de noix, du sucre d'érable, de la sagamité [1], des jambons d'ours, des peaux de castor, des coquillages pour me parer, et des mousses pour ma couche. Elles chantaient, elles riaient avec moi, et puis elles se prenaient à verser des larmes, en songeant que je serais brûlé.

Une nuit que les Muscogulges avaient placé leur camp sur le bord d'une forêt, j'étais assis auprès du *feu de la guerre*, avec le chasseur commis à ma garde. Tout à coup j'entendis le murmure d'un vêtement sur l'herbe et une femme à demi voilée vint s'asseoir à mes côtés. Des pleurs roulaient sous sa paupière; à la lueur du feu un petit crucifix d'or brillait sur son sein. Elle était régulièrement belle; l'on remarquait sur son visage je ne sais quoi de vertueux et de passionné dont l'attrait était irrésistible. Elle joignait à cela

---

[1] Sorte de pâte de maïs.

des grâces plus tendres ; une extrême sensibilité,
unie à une mélancolie profonde, respirait dans ses
regards ; son sourire était céleste.

Je crus que c'était la *Vierge des dernières
amours,* cette vierge qu'on envoie au prisonnier
de guerre pour enchanter sa tombe. Dans cette
persuasion, je lui dis en balbutiant, et avec un
trouble qui pourtant ne venait pas de la crainte
du bûcher : « Vierge, vous êtes digne des premières amours, et vous n'êtes pas faite pour les
dernières. Les mouvements d'un cœur qui va bientôt cesser de battre répondraient mal aux mouvements du vôtre. Comment mêler la mort et la
vie ? Vous me feriez trop regretter le jour. Qu'un
autre soit plus heureux que moi, et que de longs
embrassements unissent la liane et le chêne ! »

La jeune fille me dit alors : « Je ne suis point
la *Vierge des dernières amours.* Es-tu chrétien ? »
Je répondis que je n'avais point trahi les génies
de ma cabane. A ces mots, l'Indienne fit un mouvement involontaire. Elle me dit : « Je te plains
de n'être qu'un méchant idolâtre. Ma mère m'a
faite chrétienne ; je me nomme Atala, fille de Si
maghan aux bracelets d'or, et chef des guerriers
de cette troupe. Nous nous rendons à Apalachucla
où tu seras brûlé. » En prononçant ces mots, Atala
se lève et s'éloigne.

Ici Chactas fut contraint d'interrompre son ré
cit. Les souvenirs se pressèrent en foule dans son
âme ; ses yeux éteints inondèrent de larmes ses
joues flétries : telles deux sources, cachées dans
la profonde nuit de la terre, se décèlent par les
eaux qu'elles laissent filtrer entre les rochers.

O mon fils! reprit-il enfin, tu vois que Chactas est bien peu sage, malgré sa renommée de sagesse. Hélas! mon cher enfant, les hommes ne peuvent déjà plus voir, qu'ils peuvent encore pleurer! Plusieurs jours s'écoulèrent; la fille du sachem revenait chaque soir me parler. Le sommeil avait fui de mes yeux, et Atala était dans mon cœur, comme le souvenir de la couche de mes pères.

Le dix-septième jour de marche, vers le temps où l'éphémère sort des eaux, nous entrâmes sur la grande savane Alachua. Elle est environnée de coteaux qui, fuyant les uns derrière les autres, portent, en s'élevant jusqu'aux nues, des forêts étagées de copalmes, de citronniers, de magnolias et de chênes verts. Le chef poussa un cri d'arrivée; et la troupe campa au pied des collines. On me relégua à quelque distance, au bord d'un de ces *puits naturels*, si fameux dans les Florides. J'étais attaché au pied d'un arbre; un guerrier veillait impatiemment auprès de moi. J'avais à peine passé quelques instants dans ce lieu, qu'Atala parut sous les liquidambars de la fontaine. « Chasseur, dit-elle au héros muscogulge, si tu veux poursuivre le chevreuil, je garderai le prisonnier. » Le guerrier bondit de joie à cette parole de la fille du chef; il s'élance du sommet de la colline et allonge ses pas dans la plaine.

Étrange contradiction du cœur de l'homme! Moi qui avais tant désiré de dire les choses du mystère à celle que j'aimais déjà comme le soleil, maintenant interdit et confus, je crois que j'eusse préféré d'être jeté aux crocodiles de la fontaine,

à me trouver seul ainsi avec Atala. La fille du
désert était aussi troublée que son prisonnier ;
nous gardions un profond silence ; les génies de
l'amour avaient dérobé nos paroles. Enfin Atala,
faisant un effort, dit ceci : « Guerrier, vous êtes
retenu bien faiblement ; vous pouvez aisément
vous échapper. » A ces mots, la hardiesse revint
sur ma langue ; je répondis : « Faiblement retenu !
ô femme!... » Je ne sus comment achever. Atala
hésita quelques moments, puis elle dit : « Sauvez-
vous. » Et elle me détacha du tronc de l'arbre. Je
saisis la corde ; je la remis dans la main de la fille
étrangère, en forçant ses beaux doigts à se fermer
sur ma chaîne. « Reprenez-la ! reprenez-la ! m'é-
criai-je. — Vous êtes un insensé, dit Atala d'une
voix émue. Malheureux ! ne sais-tu pas que tu
seras brûlé ? Que prétends-tu ? Songes-tu bien que
je suis la fille d'un redoutable sachem ? — Il fut
un temps, répliquai-je avec des larmes, que j'étais
aussi porté dans une peau de castor, aux épaules
d'une mère. Mon père avait aussi une belle hutte,
et ses chevreuils buvaient les eaux de mille torrents ; mais j'erre maintenant sans patrie. Quand
je ne serai plus, aucun ami ne mettra un peu
d'herbe sur mon corps pour le garantir des mouches. Le corps d'un étranger malheureux n'inté-
resse personne. »

Ces mots attendrirent Atala. Ses larmes tombèrent dans la fontaine. « Ah ! repris-je avec vivacité, si votre cœur parlait comme le mien ! Le
désert n'est-il pas libre ? Les forêts n'ont-elles
point de replis où nous cacher ? Faut-il donc, pour
être heureux, tant de choses aux enfants des ca-

banes? O fille plus belle que le premier songe de l'époux! ô ma bien-aimée! ose suivre mes pas. » Telles furent mes paroles. Atala me répondit d'une voix tendre : « Mon jeune ami, vous avez appris le langage des blancs; il est aisé de tromper une Indienne. — Quoi? m'écriai-je, vous m'appelez votre jeune ami! Ah! si un pauvre esclave... — Eh bien, dit-elle en se penchant sur moi, un pauvre esclave... » Je repris avec ardeur : « Qu'un baiser l'assure de ta foi! » Atala écouta ma prière. Comme un faon semble pendre aux fleurs de lianes roses, qu'il saisit de sa langue délicate dans l'escarpement de la montagne, ainsi je restai suspendu aux lèvres de ma bien-aimée.

Hélas! mon cher fils, la douleur touche de près au plaisir. Qui eût pu croire que le moment où Atala me donnait le premier gage de son amour serait celui-là même où elle détruirait mes espérances? Cheveux blanchis du vieux Chactas, quel fut votre étonnement lorsque la fille du sachem prononça ces paroles! « Beau prisonnier, j'ai follement cédé à ton désir; mais où nous conduira cette passion? Ma religion me sépare de toi pour toujours... O ma mère! qu'as tu fait? » Atala se tut tout à coup, et retint je ne sais quel fatal secret près d'échapper à ses lèvres. Ses paroles me plongèrent dans le désespoir. « Eh bien! m'écriai-je, je serai aussi cruel que vous; je ne fuirai point. Vous me verrez dans le cadre de feu; vous entendrez les gémissements de ma chair, et vous serez pleine de joie. » Atala saisit mes mains entre les deux siennes. « Pauvre jeune idolâtre, s'écria-t-elle, tu me fais réellement pitié! Tu veux donc que je pleure tout mon cœur ? Quel dommage que je ne puisse fuir avec toi ! Malheureux a été le ventre de ta mère, ô Atala ! Que ne te jettes-tu au crocodile de la fontaine ! »

Dans ce moment même, les crocodiles, aux approches du coucher du soleil, commençaient à faire entendre leurs rugissements. Atala me dit : « Quittons ces lieux. » J'entraînai la fille de Simaghan au pied des coteaux qui formaient des golfes de verdure, en avançant leurs promontoires dans la savane. Tout était calme et superbe au désert. La cigogne criait sur son nid, les bois retentissaient du chant monotone des cailles, du sifflement des perruches, du mugissement des bisons et du hennissement des cavales siminoles.

Notre promenade fut presque muette. Je marchais à côté d'Atala ; elle tenait le bout de la corde, que je l'avais forcée de reprendre. Quelquefois nous versions des pleurs, quelquefois nous essayions de sourire. Un regard, tantôt levé vers le ciel, tantôt attaché à la terre, une oreille attentive au chant de l'oiseau, un geste vers le soleil couchant, une main tendrement serrée, un sein tour à tour palpitant, tour à tour tranquille, les noms de Chactas et d'Atala doucement répétés par intervalle... Oh ! première promenade de l'amour, il faut que votre souvenir soit bien puissant, puisque après tant d'années d'infortune vous remuez encore le cœur du vieux Chactas !

Qu'ils sont incompréhensibles les mortels agités par les passions ! Je venais d'abandonner le généreux Lopez, je venais de m'exposer à tous les dangers pour être libre ; dans un instant le regard d'une femme avait changé mes goûts, mes résolutions, mes pensées! Oubliant mon pays, ma mère, ma cabane et la mort affreuse qui m'attendait, j'étais devenu indifférent à tout ce qui n'était pas Atala. Sans force pour m'élever à la raison de l'homme, j'étais retombé tout à coup dans une espèce d'enfance; et loin de pouvoir rien faire pour me soustraire aux maux qui m'attendaient, j'aurais eu presque besoin qu'on s'occupât de mon sommeil et de ma nourriture!

Ce fut donc vainement, qu'après nos courses dans la savane, Atala, se jetant à mes genoux, m'invita de nouveau à la quitter. Je lui protestai que je retournerais seul au camp, si elle refusait de me rattacher au pied de mon arbre. Elle fut obligée de me satisfaire, espérant me convaincre une autre fois.

Le lendemain de cette journée, qui décida du destin de ma vie, on s'arrêta dans une vallée, non loin de Cuscowilla, capitale des Siminoles. Ces Indiens, unis aux Muscoculges, forment avec eux la confédération des Creeks. La fille du pays des palmiers vint me trouver au milieu de la nuit. Elle me conduisit dans une grande forêt de pins, et renouvela ses prières pour m'engager à la fuite. Sans lui répondre, je pris sa main dans ma main, et je forçai cette biche altérée d'errer avec moi dans la forêt. La nuit était délicieuse. Le génie des airs secouait sa chevelure bleue, embaumée de la senteur des pins, et l'on respirait la faible odeur d'ambre qu'exhalaient les crocodiles couchés sous les tamarins des fleuves. La lune brillait au milieu d'un azur sans tache, et sa lumière gris de perle descendait sur la cime indéterminée des forêts. Aucun bruit ne se faisait entendre, hors je ne sais quelle harmonie lointaine qui régnait dans la profondeur des bois : on eût dit que l'âme de la solitude soupirait dans toute l'étendue du désert.

Nous aperçûmes à travers les arbres un jeune homme, qui, tenant à la main un flambeau, ressemblait au génie du printemps, parcourant les forêts pour ranimer la nature. C'était un amant qui allait s'instruire de son sort à la cabane de sa maîtresse.

Si la vierge éteint le flambeau, elle accepte les vœux offerts ; si elle se voile sans l'éteindre, elle rejette un époux.

Le guerrier, en se glissant dans les ombres, chantait à demi-voix ces paroles :

« Je devancerai les pas du jour sur le sommet des montagnes, pour chercher ma colombe solitaire parmi les chênes de la forêt.

» J'ai attaché à son cou un collier de porcelaines [1] ; on y voit trois grains rouges pour mon amour, trois violets pour mes craintes, trois bleus pour mes espérances.

» Mila a les yeux d'une hermine et la chevelure légère d'un champ de riz ; sa bouche est un coquillage rose, garni de perles ; ses deux seins sont comme deux petits chevreaux sans tache, nés au même jour d'une seule mère.

» Puisse Mila éteindre ce flambeau ! Puisse sa bouche verser sur lui une ombre voluptueuse ! Je

---

[1] Sorte de coquillage.

fertiliserai son sein. L'espoir de la patrie pendra
à sa mamelle féconde, et je fumerai mon calumet
de paix sur le berceau de mon fils !

» Ah ! laissez-moi devancer les pas du jour sur
le sommet des montagnes, pour chercher ma colombe solitaire parmi les chênes de la forêt ! »

Ainsi chantait ce jeune homme, dont les accents
portèrent le trouble jusqu'au fond de mon âme,
et firent changer de visage à Atala. Nos mains
unies frémirent l'une dans l'autre. Mais nous fûmes distraits de cette scène, par une scène non
moins dangereuse pour nous.

Nous passâmes auprès du tombeau d'un enfant,
qui servait de limite à deux nations. On l'avait
placé au bord du chemin, selon l'usage, afin que
les jeunes femmes, en allant à la fontaine, pussent attirer dans leur sein l'âme de l'innocente
créature, et la rendre à la patrie. On y voyait
dans ce moment des épouses nouvelles qui, dési-
rant les douceurs de la maternité, cherchaient,
en entr'ouvrant leurs lèvres, à recueillir l'âme du
petit enfant, qu'elles croyaient voir errer sur les
fleurs. La véritable mère vint ensuite déposer une
gerbe de maïs et des fleurs de lis blancs sur le
tombeau. Elle arrosa la terre de son lait, s'assit
sur le gazon humide, et parla à son enfant d'une
voix attendrie :

« Pourquoi te pleuré-je dans ton berceau de
terre, ô mon nouveau-né ? Quand le petit oiseau
devient grand, il faut qu'il cherche sa nourriture,
et il trouve dans le désert bien des graines amè-
res. Du moins tu as ignoré les pleurs ; du moins
ton cœur n'a point été exposé au souffle dévorant

des hommes. Le bouton qui sèche dans son enve-
loppe passe avec tous ses parfums, comme toi, ô
mon fils! avec toute ton innocence. Heureux ceux
qui meurent au berceau, ils n'ont connu que les
baisers et les souris d'une mère! »

Déjà subjugués par notre propre cœur, nous
fûmes accablés par ces images d'amour et de maternité, qui semblaient nous poursuivre dans ces
solitudes enchantées. J'emportai Atala dans mes
bras au fond de la forêt, et je lui dis des choses
qu'aujourd'hui je chercherais en vain sur mes
lèvres. Le vent du midi, mon cher fils, perd sa
chaleur en passant sur des montagnes de glace.
Les souvenirs de l'amour dans le cœur d'un vieillard sont comme les feux du jour réfléchis par
l'orbe paisible de la lune, lorsque le soleil est
couché et que le silence plane sur les huttes des
sauvages.

Qui pouvait sauver Atala? Qui pouvait l'empêcher de succomber à la nature? Rien qu'un miracle, sans doute; et ce miracle fut fait! La fille
de Simaghan eut recours au Dieu des chrétiens;
elle se précipita sur la terre, et prononça une
fervente oraison, adressée à sa mère et à la Reine
des vierges. C'est de ce moment, ô René! que j'ai
conçu une merveilleuse idée de cette religion qui,
dans les forêts, au milieu de toutes les privations
de la vie, peut remplir de mille dons les infortunés; de cette religion qui, opposant sa puissance
au torrent des passions, suffit seule pour les vaincre, lorsque tout les favorise, et le secret des
bois, et l'absence des hommes, et la fidélité des
ombres. Ah! qu'elle me parut divine la simple

sauvage, l'ignorante Atala, qui à genoux devant un vieux pin tombé, comme au pied d'un autel, offrait à son Dieu des vœux pour un amant idolâtre ! Ses yeux levés vers l'astre de la nuit, ses joues brillantes des pleurs de la religion et de l'amour, étaient d'une beauté immortelle. Plusieurs fois il me sembla qu'elle allait prendre son vol vers les cieux ; plusieurs fois je crus voir descendre sur les rayons de la lune, et entendre dans les branches des arbres, ces génies que le Dieu des chrétiens envoie aux ermites des rochers, lorsqu'il se dispose à les rappeler à lui. J'en fus affligé, car je craignis qu'Atala n'eût que peu de temps à passer sur la terre.

Cependant elle versa tant de larmes, elle se montra si malheureuse, que j'allais peut-être consentir à m'éloigner, lorsque le cri de mort retentit dans la forêt. Quatre hommes armés se précipitent sur moi : nous avions été découverts ; le chef de guerre avait donné l'ordre de nous poursuivre.

Atala, qui ressemblait à une reine pour l'orgueil de la démarche, dédaigna de parler à ces guerriers. Elle leur lança un regard superbe, et se rendit auprès de Simaghan.

Elle ne put rien obtenir. On redoubla mes gardes, on multiplia mes chaînes, on écarta mon amante. Cinq nuits s'écoulent, et nous apercevons Apalachucla située au bord de la rivière Chata-Uche. Aussitôt on me couronne de fleurs : on me peint le visage d'azur et de vermillon ; on m'attache des perles au nez et aux oreilles, et l'on me met à la main un chichikoué [1].

---

[1] Instrument de musique des sauvages.

Ainsi paré pour le sacrifice, j'entre dans Apalachucla, aux cris répétés de la foule. C'en était fait
de ma vie, quand tout à coup le bruit d'une conque se fait entendre, et le mico, ou chef de la
nation, ordonne de s'assembler.

Tu connais, mon fils, les tourments que les
sauvages font subir aux prisonniers de guerre.
Les missionnaires chrétiens, au péril de leurs
jours, et avec une charité infatigable, étaient par-
venus, chez plusieurs nations, à faire substituer
un esclavage assez doux aux horreurs du bûcher.
Les Muscogulges n'avaient point encore adopté
cette coutume; mais un parti nombreux s'était
déclaré en sa faveur. C'était pour prononcer sur
cette importante affaire que le mico convoquait
les sachems. On me conduit au lieu des délibé-
rations.

Non loin d'Apalachucla s'élevait, sur un tertre
isolé, le pavillon du conseil. Trois cercles de colonnes formaient l'élégante architecture de cette
rotonde. Les colonnes étaient de cyprès poli et
sculpté; elles augmentaient en hauteur et en
épaisseur, et diminuaient en nombre, à mesure
qu'elles se rapprochaient du centre marqué par
un pilier unique. Du sommet de ce pilier partaient
des bandes d'écorce, qui, passant sur le sommet
des autres colonnes, couvraient le pavillon, en
forme d'éventail à jour.

Le conseil s'assemble. Cinquante vieillards, en
manteau de castor, se rangent sur des espèces de
gradins faisant face à la porte du pavillon. Le
grand chef est assis au milieu d'eux, tenant à la
main le calumet de paix à demi coloré pour la

guerre. A la droite des vieillards, se placent cinquante femmes couvertes d'une robe de plumes de cygne. Les chefs de guerre, le tomahawk [1] à la main, le panache en tête, les bras et la poitrine teints de sang, prennent la gauche.

Au pied de la colonne centrale, brûle le feu du conseil. Le premier jongleur, environné des huit gardiens du temple, vêtu de longs habits, et portant un hibou empaillé sur la tête, verse du baume de copalme sur la flamme et offre un sacrifice au soleil. Ce triple rang de vieillards, de matrones, de guerriers, ces prêtres, ces nuages d'encens, ce sacrifice, tout sert à donner à ce conseil un appareil imposant.

J'étais debout, enchaîné, au 'milieu de l'assemblée. Le sacrifice achevé, le mico prend la parole, et expose avec simplicité l'affaire qui rassemble le conseil. Il jette un collier bleu dans la salle en témoignage de ce qu'il vient de dire.

Alors un sachem de la tribu de l'Aigle se lève, et parle ainsi :

« Mon père le mico, sachems, matrones, guerriers des quatre tribus de l'Aigle, du Castor, du Serpent et de la Tortue, ne changeons rien aux mœurs de nos aïeux, brûlons le prisonnier, et n'amollissons point nos courages. C'est une coutume des blancs qu'on vous propose, elle ne peut être que pernicieuse. Donnez un collier rouge qui contienne mes paroles. J'ai dit. »

Et il jette un collier rouge dans l'assemblée.

Une matrone se lève, et dit :

« Mon père l'Aigle, vous avez l'esprit d'un

[1] La hache.

renard, et la prudente lenteur d'une tortue. Je
veux polir avec vous la chaîne d'amitié, et nous
planterons ensemble l'arbre de paix. Mais changeons les coutumes de nos aïeux, en ce qu'elles
ont de funeste. Ayons des esclaves qui cultivent
nos champs, et n'entendons plus les cris du
prisonnier, qui troublent le sein des mères. J'ai
dit. »

Comme on voit les flots de la mer se briser pendant un orage, comme en automne les feuilles séchées sont soulevées par un tourbillon, comme les
roseaux du Meschacébé plient et se relèvent dans
une inondation subite, comme un grand troupeau
de cerfs brame au fond d'une forêt, ainsi s'agitait
et murmurait le conseil. Des sachems, des guerriers, des matrones parlent tour à tour ou tous
ensemble. Les intérêts se choquent, les opinions
se divisent, le conseil va se dissoudre ; mais enfin
l'usage antique l'emporte, et je suis condamné au
bûcher.

Une circonstance vint retarder mon supplice ;
la *Fête des Morts* ou le *Festin des Ames* approchait. Il est d'usage de ne faire mourir aucun cap-
tif pendant les jours consacrés à cette cérémonie.
On me confia à une garde sévère ; et sans doute
les sachems éloignèrent la fille de Simaghan, car
je ne la revis plus.

Cependant les nations de plus de trois cents
lieues à la ronde arrivaient en foule pour célébrer le *Festin des Ames*. On avait bâti une longue
hutte sur un site écarté. Au jour marqué, chaque
cabane exhuma les restes de ses pères de leurs
tombeaux particuliers, et l'on suspendit les sque-

lettes, par ordre et par famille, aux murs de la *salle commune des aïeux.* Les vents (une tempête s'était élevée), les forêts, les cataractes mugissaient au dehors, tandis que les vieillards des diverses nations concluaient entre eux des traités de paix et d'alliance sur les os de leurs pères.

On célèbre les jeux funèbres, la course, la balle, les osselets. Deux vierges cherchent à s'arracher une baguette de saule. Les boutons de leurs seins viennent se toucher, leurs mains voltigent sur la baguette qu'elles élèvent au-dessus de leurs têtes. Leurs beaux pieds nus s'entrelacent, leurs bouches se rencontrent, leurs douces haleines se confondent; elles se penchent et mêlent leurs chevelures; elles regardent leurs mères, rougissent [1] : on applaudit. Le jongleur invoque Michabou, génie des eaux. Il raconte les guerres du grand Lièvre contre Matchimanitou, dieu du mal. Il dit le premier homme et Atahensie la première femme précipités du ciel pour avoir perdu l'innocence, la terre rougie du sang fraternel, Jouskeka l'impie immolant le juste Trahouistsaron, le déluge descendant à la voix du grand Esprit, Massou sauvé seul dans son canot d'écorce, et le corbeau envoyé à la découverte de la terre : il dit encore la belle Endaé, retirée de la contrée des âmes par les douces chansons de son époux.

Après ces jeux et ces cantiques, on se prépare à donner aux aïeux une éternelle sépulture.

Sur les bords de la rivière Chata-Uche se voyait

---

[1] La rougeur est sensible chez les jeunes sauvages.

un figuier sauvage, que le culte des peuples avait
consacré. Les vierges avaient accoutumé de laver
leurs robes d'écorce dans ce lieu et de les exposer
au souffle du désert, sur les rameaux de l'arbre
antique. C'était là qu'on avait creusé un immense
tombeau. On part de la salle funèbre, en chantant
l'hymne à la Mort; chaque famille porte quelque
débris sacré. On arrive à la tombe; on y descend
les reliques; on les y étend par couche; on les sépare avec des peaux d'ours et de castor; le mont
du tombeau s'élève, et l'on y plante l'*arbre des
fleurs et du sommeil.*

Plaignons les hommes, mon cher fils! Ces
mêmes Indiens dont les coutumes sont si tou-
chantes; ces mêmes femmes qui m'avaient témoi-
gné un intérêt si tendre, demandaient maintenant
mon supplice à grands cris; et des nations entières retardaient leur départ, pour avoir le plaisir
de voir un jeune homme souffrir des tourments
épouvantables.

Dans une vallée au nord, à quelque distance
du grand village s'élevait un bois de cyprès et de
sapins, appelé le *Bois du sang.* On y arrivait par
les ruines d'un de ces monuments dont on ignore
l'origine, et qui sont l'ouvrage d'un peuple maintenant inconnu. Au centre de ce bois, s'étendait
une arène, où l'on sacrifiait les prisonniers de
guerre. On m'y conduit en triomphe. Tout se
prépare pour ma mort : on plante le poteau
d'Areskoui; les pins, les ormes, les cyprès tombent sous la cognée; le bûcher s'élève; les spec-
tateurs bâtissent des amphithéâtres avec des
branches et des troncs d'arbres. Chacun invente

un supplice : l'un se propose de m'arracher la peau du crâne, l'autre de me brûler les yeux avec des haches ardentes. Je commence ma chanson de mort.

« Je ne crains point les tourments : je suis brave, ô Muscogulges, je vous défie ! je vous méprise plus que des femmes. Mon père Outalissi, fils de Miscou, a bu dans le crâne de vos plus fameux guerriers, vous n'arracherez pas un soupir de mon cœur. »

Provoqué par ma chanson, un guerrier me perça le bras d'une flèche ; je dis : « Frère, je te remercie. »

Malgré l'activité des bourreaux, les préparatifs du supplice ne purent être achevés avant le coucher du soleil. On consulta le jongleur, qui défendit de troubler les génies des ombres, et ma mort fut encore suspendue jusqu'au lendemain. Mais dans l'impatience de jouir du spectacle, et pour être plus tôt prêts au lever de l'aurore, les Indiens ne quittèrent point le *Bois du sang ;* ils allumèrent de grands feux, et commencèrent des festins et des danses.

Cependant on m'avait étendu sur le dos. Des cordes partant de mon cou, de mes pieds, de mes bras, allaient s'attacher à des piquets enfoncés en terre. Des guerriers étaient couchés sur ces cordes, et je ne pouvais faire un mouvement, sans qu'ils en fussent avertis. La nuit s'avance : les chants et les danses cessent par degrés ; les feux ne jettent plus que des lueurs rougeâtres, devant lesquelles on voit encore passer les ombres de quelques sauvages ; tout s'endort ; à mesure que le bruit des hommes s'affaiblit, celui du désert augmente, et au tumulte des voix succèdent les plaintes du vent dans la forêt.

C'était l'heure où une jeune Indienne qui vient d'être mère se réveille en sursaut au milieu de la nuit, car elle a cru entendre les cris de son premier-né, qui lui demande la douce nourriture. Les yeux attachés au ciel, où le croissant de la lune errait dans les nuages, je réfléchissais sur ma destinée. Atala me semblait un monstre d'ingratitude. M'abandonner au moment du supplice, moi qui m'étais dévoué aux flammes plutôt que de la quitter! Et pourtant je sentais que je l'aimais toujours, et que je mourrais avec joie pour elle.

Il est dans les extrêmes plaisirs un aiguillon qui nous éveille, comme pour nous avertir de profiter de ce moment rapide; dans les grandes douleurs, au contraire, je ne sais quoi de pesant nous endort; des yeux fatigués par les larmes cherchent naturellement à se fermer, et la bonté de la Providence se fait ainsi remarquer jusque dans nos infortunes. Je cédai, malgré moi, à ce lourd sommeil que goûtent quelquefois les misérables. Je rêvais qu'on m'ôtait mes chaînes; je croyais sentir ce soulagement qu'on éprouve, lorsque, après avoir été fortement pressé, une main secourable relâche nos fers.

Cette sensation devint si vive, qu'elle me fit soulever les paupières. A la clarté de la lune, dont un rayon s'échappait entre deux nuages, j'entrevois une grande figure blanche penchée sur moi, et occupée à dénouer silencieusement mes liens.

J'allais pousser un cri, lorsqu'une main, que je reconnus à l'instant, me ferma la bouche. Une seule corde restait, mais il paraissait impossible de la couper, sans toucher un guerrier qui la couvrait tout entière de son corps. Atala y porte la main ; le guerrier s'éveille à demi, et se dresse sur son séant. Atala reste immobile, et le regarde. L'Indien croit voir l'esprit des ruines ; il se recouche en fermant les yeux et en invoquant son Manitou. Le lien est brisé. Je me lève ; je suis ma libératrice, qui me tend le bout d'un arc dont elle tient l'autre extrémité. Mais que de dangers nous environnent ! Tantôt nous sommes près de heurter des sauvages endormis ; tantôt une garde nous interroge, et Atala répond en changeant sa voix. Des enfants poussent des cris, des dogues aboient. A peine sommes-nous sortis de l'enceinte funeste, que des huplements ébranlent la forêt. Le camp se réveille, mille feux s'allument, on voit courir de tous côtés des sauvages avec des flambeaux ; nous précipitons notre course.

Quand l'aurore se leva sur les Apalaches, nous étions déjà loin. Quelle fut ma félicité, lorsque je me trouvai encore une fois dans la solitude avec Atala, ave Atala ma libératrice, avec Atala qui se donnait à moi pour toujours ! Les paroles manquèrent à ma langue, je tombai à genoux, et je dis à la fille de Simaghan : « Les hommes sont bien peu de chose ; mais quand les génies les visitent, alors ils ne sont rien du tout. Vous êtes un génie, vous m'avez visité, et je ne puis parler devant vous. » Atala me tendit la main avec un sourire : « Il faut bien, dit-elle, que je vous suive, puisque

vous ne voulez pas fuir sans moi. Cette nuit, j'ai
séduit le jongleur par des présents, j'ai enivré vos
bourreaux avec de l'essence de feu [1], et j'ai dû ha-
sarder ma vie pour vous puisque vous aviez donné
la vôtre pour moi. Oui, jeune idolâtre, ajouta-
t-elle avec un accent qui m'effraya, le sacrifice
sera réciproque. »

Atala me remit les armes qu'elle avait eu soin
d'apporter; ensuite elle pansa ma blessure. En
l'essuyant avec une feuille de papaya, elle la
mouillait de ses larmes. « C'est un baume, lui dis-
je, que tu répands sur ma plaie. — Je crains plutôt
que ce ne soit un poison, » répondit-elle. Elle dé-
chira un des voiles de son sein, dont elle fit une
première compresse, qu'elle attacha avec une bou-
cle de ses cheveux.

L'ivresse, qui dure longtemps chez les sauvages,
et qui est pour eux une espèce de maladie, les
empêcha sans doute de nous poursuivre durant
les premières journées. S'ils nous cherchèrent ensuite, il est probable que ce fut du côté du couchant, persuadés que nous aurions essayé de nous
rendre au Meschacébé; mais nous avions pris notre route vers l'étoile immobile [2], en nous diri-
geant sur la mousse du tronc des arbres.

Nous ne tardâmes pas à nous apercevoir que
nous avions peu gagné à ma délivrance. Le désert
déroulait maintenant devant nous ses solitudes
démesurées. Sans expérience de la vie des forêts,
détournés de notre vrai chemin, et marchant à
l'aventure, qu'allions-nous devenir? Souvent, en

[1] De l'eau-de-vie.
[2] Le nord.

regardant Atala, je me rappelais cette antique histoire d'Agar, que Lopez m'avait fait lire, et qui est arrivée dans le désert de Bersabée, il y a bien longtemps, alors que les hommes vivaient trois âges de chêne.

Atala me fit un manteau avec la seconde écorce du frêne, car j'étais presque nu. Elle me broda des mocassines [1] de peau de rat musqué, avec du poil de porc-épic. Je prenais soin à mon tour de sa parure. Tantôt je lui mettais sur la tête une couronne de ces mauves bleues, que nous trouvions sur notre route, dans des cimetières indiens abandonnés ; tantôt je lui faisais des colliers avec des graines rouges d'azaléa : et puis je me prenais à sourire, en contemplant sa merveilleuse beauté.

Quand nous rencontrions un fleuve, nous le passions sur un radeau ou à la nage. Atala appuyait une de ses mains sur mon épaule ; et comme deux cygnes voyageurs, nous traversions ces ondes solitaires.

Souvent dans les grandes chaleurs du jour, nous cherchions un abri sous les mousses des cèdres. Presque tous les arbres de la Floride, en particulier le cèdre et le chêne vert, sont couverts d'une mousse blanche qui descend de leurs rameaux jusqu'à terre. Quand la nuit, au clair de la lune, vous apercevez sur la nudité d'une savane, une yeuse isolée revêtue de cette draperie, vous croiriez voir un fantôme, traînant après lui ses longs voiles. La scène n'est pas moins pittoresque

[1] Chaussure indienne.

au grand jour ; car une foule de papillons, de mouches brillantes, de colibris, de perruches vertes, de geais d'azur vient s'accrocher à ces mousses, qui produisent alors l'effet d'une tapisserie en laine blanche, où l'ouvrier européen aurait brodé des insectes et des oiseaux éclatants.

C'était dans ces riantes hôtelleries, préparées par le grand Esprit, que nous nous reposions à l'ombre. Lorsque les vents descendaient du ciel pour balancer ce grand cèdre, que le château aérien bâti sur ses branches allait flottant avec les oiseaux et les voyageurs endormis sous ses abris, que mille soupirs sortaient des corridors et des voûtes du mobile édifice, jamais les merveilles de l'ancien monde n'ont approché de ce monument du désert.

Chaque soir nous allumions un grand feu, et nous bâtissions la hutte du voyage avec une écorce élevée sur quatre piquets. Si j'avais tué une dinde sauvage, un ramier, un faisan des bois, nous le suspendions devant le chêne embrasé, au bout d'une gaule plantée en terre, et nous abandonnions au vent le soin de tourner la proie du chasseur. Nous mangions des mousses appelées tripes de roches, des écorces sucrées de bouleau, et des pommes de mai qui ont le goût de la pêche et de la framboise. Le noyer noir, l'érable, le sumac, fournissaient le vin à notre table. Quelquefois j'allais chercher parmi les roseaux une plante, dont la fleur allongée en cornet contenait un verre de la plus pure rosée. Nous bénissions la Providence qui, sur la faible tige d'une fleur, avait placé cette source limpide

au milieu des marais corrompus, comme elle a
mis l'espérance au fond des cœurs ulcérés par le
chagrin, comme elle a fait jaillir la vertu au milieu des misères de la vie.

Hélas ! je découvris bientôt que je m'étais
trompé sur le calme apparent d'Atala. A mesure
que nous avancions, elle devenait triste. Souvent,
elle tressaillait sans cause, et tournait précipitamment la tête. Je la surprenais attachant sur
moi un regard passionné, qu'elle reportait vers le
ciel avec une profonde mélancolie. Ce qui m'ef-
frayait surtout, était un secret, une pensée cachée
au fond de son âme, que j'entrevoyais dans ses yeux.
Toujours m'attirant et me repoussant, ranimant et
détruisant mes espérances, quand je croyais avoir
fait un peu de chemin dans son cœur, je me trouvais au même point. Que de fois elle m'a dit : « O
mon jeune amant ! je t'aime comme l'ombre des
bois au milieu du jour ! Tu es beau comme le désert avec toutes ses fleurs et toutes ses brises. Si
je me penche sur toi, je frémis ; si ma main tombe
sur la tienne, il me semble que je vais mourir.
L'autre jour le vent jeta tes cheveux sur mon visage ; tandis que tu te délassais sur mon sein, je
crus sentir le léger toucher des esprits invisibles.
Oui, j'ai vu les chevrettes de la montagne d'Oc-
conc ; j'ai entendu les propos des hommes rassa-
siés de jours ; mais la douceur des chevreaux et la
sagesse des vieillards sont moins plaisantes et
moins fortes que tes paroles. Eh bien, pauvre
Chactas, je ne serai jamais ton épouse ! »

Les perpétuelles contradictions de l'amour et de
la religion d'Atala, l'abandon de sa tendresse et

la chasteté de ses mœurs, la fierté de son caractère et sa profonde sensibilité, l'élévation de son
âme dans les grandes choses, sa susceptibilité
dans les petites, tout en faisait pour moi un être
incompréhensible. Atala ne pouvait pas prendre
sur un homme un faible empire : pleine de passions, elle était pleine de puissance; il fallait ou
l'adorer, ou la haïr.

Après quinze nuits d'une marche précipitée,
nous entrâmes dans la chaine des monts Alleghanys
et nous atteignimes une des branches du Tenase,
fleuve qui se jette dans l'Ohio. Aidé des conseils
d'Atala, je bâtis un canot, que j'enduisis de
gomme de prunier, après en avoir recousu les
écorces avec des racines de sapin. Ensuite je
m'embarquai avec Atala, et nous nous abandon-
nâmes au cours du fleuve.

Le village indien de Sticoë, avec ses tombes py-
ramidales et ses huttes en ruine, se montrait à
notre gauche, au détour d'un promontoire ; nous
laissions à droite la vallée de Keow, terminée par
la perspective des cabanes de Jore, suspendues
au front de la montagne du même nom. Le fleuve
qui nous entraînait coulait entre de hautes falai-
ses, au bout desquelles on apercevait le soleil
couchant. Ces profondes solitudes n'étaient point
troublées par la présence de l'homme. Nous ne
vîmes qu'un chasseur indien qui, appuyé sur son
arc et immobile sur la pointe d'un rocher, ressemblait à une statue élevée dans la montagne au
génie de ces déserts.

Atala et moi nous joignions notre silence au silence de cette scène. Tout à coup la fille de l'exil

fit éclater dans les airs une voix pleine d'émotion et de mélancolie; elle chantait la patrie absente :

« Heureux ceux qui n'ont point vu la fumée des fêtes de l'étranger, et qui ne se sont assis qu'aux festins de leurs pères !

» Si le geai bleu du Meschacébé disait à la non-pareille des Florides : Pourquoi vous plaignez-vous si tristement? N'avez-vous pas ici de belles eaux et de beaux ombrages, et toutes sortes de pâtures comme dans vos forêts?—Oui, répondrait la nonpareille fugitive; mais mon nid est dans le jasmin, qui me l'apportera? Et le soleil de ma savane, l'avez-vous?

» Heureux ceux qui n'ont point vu la fumée des fêtes de l'étranger, et qui ne se sont assis qu'aux festins de leurs.pères !

» Après les heures d'une marche pénible, le voyageur s'assied tristement. Il contemple autour de lui les toits des hommes; le voyageur n'a pas un lieu où reposer sa tête. Le voyageur frappe à la cabane, il met son arc derrière la porte, il demande l'hospitalité; le maître fait un geste de la main; le voyageur reprend son arc et retourne au désert !

» Heureux ceux qui n'ont point vu la fumée des fêtes de l'étranger, et qui ne se sont assis qu'aux festins de leurs pères !

» Merveilleuses histoires racontées autour du foyer, tendres épanchements du cœur, longues ha-bitudes d'aimer si nécessaires à la vie, vous avez rempli les journées de ceux qui n'ont point quitté leur pays natal ! Leurs tombeaux sont dans leur patrie, avec le soleil couchant, les pleurs de leurs amis et les charmes de la religion.

» Heureux ceux qui n'ont point vu la fumée des fêtes de l'étranger et qui ne se sont assis qu'aux festins de leurs pères! »

Ainsi chantait Atala. Rien n'interrompait ses plaintes, hors le bruit insensible de notre canot sur les ondes. En deux ou trois endroits seulement elles furent recueillies par un faible écho, qui les redit à un second plus faible, et celui-ci à un troisième plus faible encore : on eût cru que les âmes de deux amants, jadis infortunés comme nous, attirées par cette mélodie touchante, se plaisaient à en soupirer les derniers sons dans la montagne.

Cependant la solitude, la présence continuelle de l'objet aimé, nos malheurs même, redoublaient à chaque instant notre amour. Les forces d'Atala commençaient à l'abandonner, et les passions, en abattant son corps, allaient triompher de sa vertu. Elle priait continuellement sa mère, dont elle avait l'air de vouloir apaiser l'ombre irritée. Quelquefois elle me demandait si je n'entendais pas une voix plaintive, si je ne voyais pas des flammes sortir de la terre. Pour moi, épuisé de fatigue, mais toujours brûlant de désir, songeant que j'étais peut-être perdu sans retour au milieu de ces forêts, cent fois je fus prêt à saisir mon épouse dans mes bras, cent fois je lui proposai de bâtir une hutte sur ces rivages et de nous y ensevelir ensemble. Mais elle me résista toujours : « Songe, me disait-elle, mon jeune ami, qu'un guerrier se doit à sa patrie. Qu'est-ce qu'une femme auprès des devoirs que tu as à remplir? Prends courage, fils d'Outalissi, ne murmure point contre ta destinée. Le cœur de l'homme est comme l'éponge du fleuve, qui tantôt boit une onde pure dans les temps de sérénité, tantôt s'enfle d'une eau bourbeuse, quand le ciel a troublé les eaux. L'éponge a-t-elle le droit de dire : Je croyais qu'il n'y aurait jamais d'orages, que le soleil ne serait jamais brûlant? »

O René! si tu crains les troubles du cœur, défie-toi de la solitude; les grandes passions sont solitaires, et les transporter au désert, c'est les rendre à leur empire. Accablés de soucis et de craintes, exposés à tomber entre les mains des Indiens ennemis, à être engloutis dans les eaux, piqués des serpents, dévorés des bêtes, trouvant difficilement une chétive nourriture, et ne sachant plus de quel côté tourner nos pas, nos maux semblaient ne pouvoir plus s'accroître, lorsqu'un accident y vint mettre le comble.

C'était le vingt-septième soleil depuis notre départ des cabanes : la *lune de feu*[1] avait commencé son cours, et tout annonçait un orage. Vers l'heure où les matrones indiennes suspendent la crosse du labour aux branches du savinier, et où les perruches se retirent dans le creux des cyprès, le ciel commença à se couvrir. Les voix de la solitude s'éteignirent, le désert fit silence, et les forêts demeurèrent dans un calme universel. Bientôt les roulements d'un tonnerre lointain, se prolongeant dans ces bois aussi vieux que le monde, en firent sortir des bruits sublimes. Craignant d'être submergés, nous nous hâtâmes de

[1] Mois de juillet.

gagner le bord du fleuve, et de nous retirer dans une forêt.

Ce lieu était un terrain marécageux. Nous avancions avec peine sous une voûte de smilax, parmi des ceps de vigne, des indigos, des faséoles, des lianes rampantes, qui entravaient nos pieds comme des filets. Le sol spongieux tremblait autour de nous, et à chaque instant nous étions près d'être engloutis dans des fondrières. Des insectes sans nombre, d'énormes chauves-souris nous aveuglaient ; les serpents à sonnettes bruissaient de toutes parts ; et les loups, les ours, les carcajous, les petits tigres, qui venaient se cacher dans ces retraites, les remplissaient de leurs mugissements.

Cependant l'obscurité redouble : les nuages abaissés entrent sous l'ombrage des bois. La nue se déchire, et l'éclair trace une rapide losange de feu. Un vent impétueux, sortant du couchant, roule les nuages sur les nuages ; les forêts plient ; le ciel s'ouvre coup sur coup, et à travers ses crevasses, on aperçoit de nouveaux cieux et des campagnes ardentes. Quel affreux, quel magnifique spectacle ! La foudre met le feu dans les bois ; l'incendie s'étend comme une chevelure de flammes ; des colonnes d'étincelles et de fumée assiégent les nues qui vomissent leurs foudres dans le vaste embrasement. Alors le grand Esprit couvre les montagnes d'épaisses ténèbres ; du milieu de ce vaste chaos s'élève un mugissement confus formé par le fracas des vents, le gémissement des arbres, le hurlement des bêtes féroces, le bourdonnement de l'incendie, et la chute répétée du tonnerre qui siffle en s'éteignant dans les eaux.

Le grand Esprit le sait! dans ce moment je ne vis qu'Atala, je ne pensai qu'à elle. Sous le tronc penché d'un bouleau, je parvins à la garantir des torrents de la pluie. Assis moi-même sous l'arbre, tenant ma bien-aimée sur mes genoux, et réchauffant ses pieds nus entre mes mains, j'étais plus heureux que la nouvelle épouse qui sent pour la première fois son fruit tressaillir dans son sein.

Nous prêtions l'oreille au bruit de la tempête; tout à coup je sentis une larme d'Atala tomber sur mon sein : « Orage du cœur, m'écriai-je, est-ce une goutte de votre pluie? » Puis embrassant étroitement celle que j'aimais : « Atala, lui dis-je, vous me cachez quelque chose. Ouvre-moi ton cœur, ô ma beauté! cela fait tant de bien, quand un ami regarde dans notre âme! Raconte-moi cet autre secret de la douleur, que tu t'obstines à taire. Ah! je le vois, tu pleures ta patrie. » Elle repartit aussitôt : « Enfant des hommes, comment pleurerais-je ma patrie, puisque mon père n'était pas du pays des palmiers? — Quoi! répliquai-je avec un profond étonnement, votre père n'était point du pays des palmiers! Quel est donc celui qui vous a mise sur cette terre? Répondez. » Atala dit ces paroles :

« Avant que ma mère eût apporté en mariage au guerrier Simaghan trente cavales, vingt buffles, cent mesures d'huile de gland, cinquante peaux de castor et beaucoup d'autres richesses, elle avait connu un homme de la chair blanche. Or la mère de ma mère lui jeta de l'eau au visage, et la contraignit d'épouser le magnanime Simaghan, tout semblable à un roi, et honoré des peuples comme un génie. Mais ma mère dit à son nouvel époux : « Mon ventre a conçu, tuez-moi.» Simaghan lui répondit : « Le grand Esprit me garde d'une si mauvaise action. Je ne vous couperai point le nez ni les oreilles, parce que vous avez été sincère et que vous n'avez point trompé ma couche. Le fruit de vos entrailles sera mon fruit, et je ne vous visiterai qu'après le départ de l'oiseau de rizière, lorsque la treizième lune aura brillé. » En ce temps-là, je brisai le sein de ma mère, et je commençai à croître, fière comme une Espagnole et une sauvage. Ma mère me fit chrétienne, afin que son Dieu et le Dieu de mon père fût aussi mon Dieu. Ensuite le chagrin d'amour vint la chercher, et elle descendit dans la petite cave garnie de peaux, d'où l'on ne sort jamais. »

Telle fut l'histoire d'Atala. « Et quel était donc ton père, pauvre orpheline? lui dis-je; comment les hommes l'appelaient-ils sur la terre, et quel nom portait-il parmi les génies ? — Je n'ai jamais lavé les pieds de mon père, dit Atala; je sais seulement qu'il vivait avec sa sœur à Saint-Augustin, et qu'il a toujours été fidèle à ma mère : Philippe était son nom parmi les anges, et les hommes le nommaient Lopez. »

A ces mots je poussai un cri qui retentit dans toute la solitude; le bruit de mes transports se mêla au bruit de l'orage. Serrant Atala sur mon cœur, je m'écriai avec des sanglots : « O ma sœur ! ô fille de Lopez! fille de mon bienfaiteur ! » Atala, effrayée, me demanda d'où venait mon trouble ; mais quand elle sut que Lopez était cet hôte généreux qui m'avait adopté à Saint-Augustin , et que j'avais quitté pour être libre , elle fut saisie elle-même de confusion et de joie.

C'en était trop pour nos cœurs que cette amitié fraternelle qui venait nous visiter , et joindre son amour à notre amour. Désormais les combats d'Atala allaient devenir inutiles : en vain je la sentis porter une main à son sein , et faire un mouvement extraordinaire ; déjà je l'avais saisie, déjà je m'étais enivré de son souffle, déjà j'avais bu toute la magie de l'amour sur ses lèvres. Les yeux levés vers le ciel , à la lueur des éclairs , je tenais mon épouse dans mes bras, en présence de l'Eternel. Pompe nuptiale, digne de nos malheurs et de la grandeur de nos amours : superbes forêts qui agitiez vos lianes et vos dômes comme les rideaux et le ciel de notre couche , pins embrasés qui formiez les flambeaux de notre hymen , fleuve débordé, montagnes mugissantes, affreuse et sublime nature , n'étiez-vous donc qu'un appareil préparé pour nous tromper , et ne pûtes-vous cacher un moment dans vos mystérieuses horreurs la félicité d'un homme !

Atala n'offrait plus qu'une faible résistance , je touchais au moment du bonheur, quand tout à coup un impétueux éclair, suivi d'un éclat de la foudre, sillonne l'épaisseur des ombres , remplit la forêt de soufre et de lumière, et brise un arbre à nos pieds. Nous fuyons. O surprise !... dans le silence qui succède , nous entendons le son d'une cloche. Tous deux interdits, nous prêtons l'oreille à ce bruit, si étrange dans un désert. A l'instant

un chien aboie dans le lointain ; il approche, il
redouble ses cris, il arrive, il hurle de joie à nos
pieds ; un vieux solitaire, portant une petite lanterne, le suit à travers les ténèbres dans la forêt.
« La Providence soit bénie ! s'écria-t-il aussitôt
qu'il nous aperçut, il y a bien longtemps que je
vous cherche ! Notre chien vous a sentis dès le
commencement de l'orage, et il m'a conduit ici.
Bon Dieu ! comme ils sont jeunes ! Pauvres enfants ! comme ils ont dû souffrir ! Allons : j'ai apporté une peau d'ours, ce sera pour cette jeune
femme ; voici un peu de vin dans notre cale basse.
Que Dieu soit loué dans toutes ses œuvres ! Sa miséricorde est bien grande, et sa bonté est infinie ! »
    Atala était aux pieds du religieux : « Chef de la
prière, lui disait-elle, je suis chrétienne, c'est le
ciel qui t'envoie pour me sauver. — Ma fille, dit
l'ermite en la relevant, nous sonnons ordinaire-
ment la cloche de la Mission pendant la nuit et
pendant les tempêtes, pour appeler les étrangers ;
et, à l'exemple de nos frères des Alpes et du Li-
ban, nous avons appris à notre chien à découvrir
les voyageurs égarés. » Pour moi, je comprenais
à peine l'ermite ; cette charité me semblait si fort
au-dessus de l'homme, que je croyais faire un
songe. A la lueur de la petite lanterne que tenait
le religieux, j'entrevoyais sa barbe et ses cheveux
tout trempés d'eau ; ses pieds, ses mains et son visage étaient ensanglantés par les ronces. « Vieillard, m'écriai-je enfin, quel cœur as-tu donc, toi
qui n'as pas craint d'être frappé de la foudre ?
— Craindre ! repartit le père avec une sorte de
chaleur ; craindre lorsqu'il y a des hommes en pé-

ril et que je leur puis être utile ! Je serais donc un bien indigne serviteur de Jésus-Christ ! — Mais sais-tu, lui dis-je, que je ne suis pas chrétien? — Jeune homme, répondit l'ermite, vous ai-je demandé votre religion? Jésus-Christ n'a pas dit: « Mon sang lavera celui-ci, et non celui-là. » Il est mort pour le juif et le gentil, et il n'a vu dans tous les hommes que des frères et des infortunés. Ce que je fais ici pour vous est fort peu de chose, et vous trouveriez ailleurs bien d'autres secours ; mais la gloire n'en doit point retomber sur les prêtres. Que sommes-nous, faibles solitaires, sinon de grossiers instruments d'une œuvre céleste? Eh ! quel serait le soldat assez lâche pour reculer, lorsque son chef, la croix à la main, et le front couronné d'épines, marche devant lui au secours des hommes? »

Ces paroles saisirent mon cœur; des larmes d'admiration et de tendresse tombèrent de mes yeux. « Mes chers enfants, dit le missionnaire, je gouverne dans ces forêts un petit troupeau de vos frères sauvages. Ma grotte est assez près d'ici dans la montagne; venez vous réchauffer chez moi; vous n'y trouverez pas les commodités de la vie; mais vous y aurez un abri, et il faut encore en remercier la bonté divine, car il y a bien des hommes qui en manquent. »

LES LABOUREURS.

Il y a des justes dont la conscience est si tranquille, qu'on ne peut approcher d'eux sans

participer à la paix qui s'exhale, pour ainsi dire,
de leurs cœurs et de leurs discours. A mesure
que le solitaire parlait, je sentais les passions s'a-
paiser dans mon sein, et l'orage même du ciel
semblait s'éloigner à sa voix. Les nuages furent
bientôt assez dispersés pour nous permettre de
quitter notre retraite. Nous sortîmes de la forêt
et nous commençâmes à gravir le revers d'une
haute montagne. Le chien marchait devant nous,
en portant au bout d'un bâton la lanterne éteinte.
Je tenais la main d'Atala, et nous suivions le missionnaire. Il se détournait souvent pour nous regarder, contemplant avec pitié nos malheurs et
notre jeunesse. Un livre était suspendu à son cou;
il s'appuyait sur un bâton blanc. Sa taille était
élevée, sa figure pâle et maigre, sa physionomie
simple et sincère. Il n'avait pas les traits morts et
effacés de l'homme né sans passions; on voyait
que ses jours avaient été mauvais, et les rides de
son front montraient les belles cicatrices des passions guéries par la vertu et par l'amour de Dieu
et des hommes. Quand il nous parlait debout et
immobile, sa longue barbe, ses yeux modestement baissés, le son affectueux de sa voix, tout
en lui avait quelque chose de calme et de sublime. Quiconque a vu, comme moi, le père Aubry cheminant seul, avec son bâton et son bré-
viaire, dans le désert, a une véritable idée du
voyageur chrétien sur la terre.

Après une demi-heure d'une marche dangereuse par les sentiers de la montagne, nous arrivâmes à la grotte du missionnaire. Nous y entrâmes à travers les lierres et les giraumonts humi-

des que la pluie avait abattus des rochers. Il n'y avait dans ce lieu qu'une natte de feuilles de papaya, une calebasse pour puiser l'eau, quelques vases de bois, une bêche, un serpent familier, et sur une pierre qui servait de tab·e, un crucifix et le livre des chrétiens.

L'homme des anciens jours se hâta d'allumer du feu avec des lianes sèches; il brisa du maïs entre deux pierres, et en ayant fait un gâteau, il le mit cuire sous la cendre. Quand ce gâteau eut pris au feu une belle couleur dorée, il nous le servit tout brûlant avec de la crème de noix dans un vase d'érable. Le soir ayant ramené la sérénité, le serviteur du grand Esprit nous proposa d'aller nous asseoir à l'entrée de la grotte. Nous le suivîmes dans ce lieu qui commandait une vue immense. Les restes de l'orage étaient jetés en désordre vers l'orient; les feux de l'incendie allumé dans les forêts par la foudre brillaient encore dans le lointain; au pied de la montagne, un bois de pins tout entier était renversé dans la vase, et le fleuve roulait pêle-mêle les argiles détrempées, les troncs des arbres, les corps des animaux et les poissons morts dont on voyait le ventre argenté flotter à la surface des eaux.

Ce fut au milieu de cette scène qu'Atala raconta notre histoire au vieux génie de la montagne. Son cœur parut touché, et des larmes tombèrent sur sa barbe: « Mon enfant, dit-il à Atala, il faut offrir vos souffrances à Dieu, pour la gloire de qui vous avez déjà fait tant de choses; il vous rendra le repos. Voyez fumer ces forêts, sécher ces torrents, se dissiper ces nuages; croyez-vous que celui qui peut calmer une pareille tempête ne pourra pas apaiser les troubles du cœur de l'homme? Si vous n'avez pas de meilleure retraite, ma chère fille, je vous offre une place au milieu du troupeau que j'ai eu le bonheur d'appeler à Jésus-Christ. J'instruirai Chactas, et je vous le donnerai pour époux, quand il sera digne de l'être. »

A ces mots, je tombai aux genoux du solitaire, en versant des pleurs de joie ; mais Atala devint pâle comme la mort. Le vieillard me releva avec bénignité, et je m'aperçus alors qu'il avait les deux mains mutilées. Atala comprit sur-le-champ ses malheurs. « Les barbares ! » s'écria-t-elle.

« Ma fille, reprit le père avec un doux sourire, qu'est-ce que cela auprès de ce qu'a enduré mon divin Maître? Si les Indiens idolâtres m'ont affligé, ce sont de pauvres aveugles que Dieu éclairera un jour. Je les chéris même davantage, en proportion des maux qu'ils m'ont faits. Je n'ai pu rester dans ma patrie où j'étais retourné, et où une illustre reine m'a fait l'honneur de vouloir contempler ces faibles marques de mon apostolat. Et quelle récompense plus glorieuse pouvais-je recevoir de mes travaux, que d'avoir obtenu du chef de notre religion la permission de célébrer le divin sacrifice avec ces mains mutilées? Il ne me restait plus, après un tel honneur, qu'à tâcher de m'en rendre digne : je suis revenu au nouveau monde, consumer le reste de ma vie au service de mon Dieu. Il y a bientôt trente ans que j'habite cette solitude, et il y en aura demain vingt-deux que j'ai pris possession de ce rocher.

Quand j'arrivai dans ces lieux, je n'y trouvai que des familles vagabondes, dont les mœurs étaient féroces et la vie fort misérable. Je leur ai fait entendre la parole de paix, et leurs mœurs se sont graduellement adoucies. Ils vivent maintenant rassemblés au bas de cette montagne. J'ai tâché, en leur enseignant les voies du salut, de leur apprendre les premiers arts de la vie, mais sans les porter trop loin, et en retenant ces honnêtes gens dans cette simplicité qui fait le bonheur. Pour moi, craignant de les gêner par ma présence, je me suis retiré sous cette grotte, où ils viennent me consulter. C'est ici que, loin des hommes, j'admire Dieu dans la grandeur de ces solitudes, et que je me prépare à la mort, que m'annoncent mes vieux jours. »

En achevant ces mots, le solitaire se mit à genoux et nous imitâmes son exemple. Il commença à haute voix une prière, à laquelle Atala répondait. De muets éclairs ouvraient encore les cieux dans l'orient, et sur les nuages du couchant trois soleils brillaient ensemble. Quelques renards dispersés par l'orage allongeaient leurs museaux noirs au bord des précipices, et l'on entendait le frémissement des plantes qui, séchant à la brise du soir, relevaient de toutes parts leurs tiges abattues.

Nous rentrâmes dans la grotte, où l'ermite étendit un lit de mousse de cyprès pour Atala. Une profonde langueur se peignait dans les yeux et dans les mouvements de cette vierge ; elle regardait le père Aubry, comme si elle eût voulu lui communiquer un secret ; mais quelque chose semblait la retenir, soit ma présence, soit une certaine honte, soit l'inutilité de l'aveu. Je l'entendis se lever au milieu de la nuit, elle cherchait le solitaire ; mais comme il lui avait donné sa couche, il était allé contempler la beauté du ciel et prier Dieu sur le sommet de la montagne. Il me dit le lendemain que c'était assez sa coutume, même pendant l'hiver, aimant à voir les forêts balancer leurs cimes dépouillées, les nuages voler dans les cieux et à entendre les vents et les torrents gronder dans la solitude. Ma sœur fut donc obligée de retourner à sa couche, où elle s'assoupit. Hélas ! comblé d'espérance, je ne vis dans la faiblesse d'Atala que des marques passagères de lassitude !

Le lendemain je m'éveillai aux chants des cardinaux et des oiseaux-moqueurs, nichés dans les acacias et les lauriers qui environnaient la grotte. J'allai cueillir une rose de magnolia, et je la déposai, humectée des larmes du matin, sur la tête d'Atala endormie. J'espérais, selon la religion de mon pays, que l'âme de quelque enfant mort à la mamelle serait descendue sur cette fleur dans une goutte de rosée, et qu'un heureux songe la porterait au sein de ma future épouse. Je cherchai ensuite mon hôte ; je le trouvai la robe relevée dans ses deux poches, un chapelet à la main, et m'attendant assis sur le tronc d'un pin tombé de vieillesse. Il me proposa d'aller avec lui à la Mission, tandis qu'Atala reposait encore ; j'acceptai son offre, et nous nous mîmes en route à l'instant.

En descendant la montagne, j'aperçus des chê-

nes où les génies semblaient avoir dessiné des caractères étrangers. L'ermite me dit qu'il les avait
tracés lui-même, que c'étaient des vers d'un ancien poëte, appelé Homère, et quelques sentences
d'un autre poëte plus ancien encore, nommé Salo-
mon. Il y avait je ne sais quelle mystérieuse harmonie entre cette sagesse des temps, ces vers
rongés de mousse, ce vieux solitaire qui les avait
gravés, et ces vieux chênes qui lui servaient de
livres.

Son nom, son âge, la date de sa mission, étaient
aussi marqués sur un roseau de savane, au pied
de ces arbres. Je m'étonnai de la fragilité du dernier monument : « Il durera encore plus que moi
me répondit le père, et aura toujours plus de valeur que le peu de bien que j'ai fait. »

De là, nous arrivâmes à l'entrée d'une vallée,
où je vis un ouvrage merveilleux : c'était un pont
naturel, semblable à celui de la Virginie, dont tu
as peut-être entendu parler. Les hommes, mon
fils, surtout ceux de ton pays, imitent souvent la
nature, et leurs copies sont toujours petites; il
n'en est pas ainsi de la nature, quand elle a l'air
d'imiter les travaux des hommes, en leur offrant
en effet des modèles. C'est alors qu'elle jette des
ponts du sommet d'une montagne au sommet d'une
autre montagne, suspend des chemins dans les
nues, répand des fleuves pour canaux, sculpte des
monts pour colonnes, et pour bassins creuse des
mers.

Nous passâmes sous l'arche unique de ce pont,
et nous nous trouvâmes devant une autre merveille : c'était le cimetière des Indiens de la Mis-

sion , ou *les Bocages de la Mort*. Le père Aubry
avait permis à ses néophytes d'ensevelir leurs
morts à leur manière et de conserver au lieu de
leurs sépultures son nom sauvage ; il avait seulement sanctifié ce lieu par une croix [1]. Le sol en
était divisé, comme le champ commun des moissons, en autant de lots qu'il y avait de familles ;
chaque lot faisant à lui seul un bois qui variait
selon le goût de ceux qui l'avaient planté. Un ruisseau serpentait sans bruit au milieu de ces bocages ; on l'appelait *le Ruisseau de la Paix*. Ce riant
asile des âmes était fermé à l'orient par le pont
sous lequel nous avions passé ; deux collines le
bornaient au septentrion et au midi ; il ne s'ouvrait qu'à l'occident, où s'élevait un grand bois
de sapins. Les troncs de ces arbres, rouges. mar-
brés de vert, montant sans branches jusqu'à leurs
cimes, ressemblaient à de hautes colonnes, et
formaient le péristyle de ce temple de la Mort ; il
y régnait un bruit religieux, semblable au sourd
mugissement de l'orgue sous les voûtes d'une
église ; mais lorsqu'on pénétrait au fond du sanctuaire, on n'entendait plus que les hymnes des
oiseaux qui célébraient à la mémoire des morts
une fête éternelle.

En sortant de ce bois, nous découvrîmes le village de la Mission, situé au bord d'un lac, au milieu d'une savane semée de fleurs. On y arrivait
par une avenue de magnolias et de chênes verts,
qui bordaient une de ces anciennes routes que

---

[1] Le père Aubry avait fait comme les jésuites à la Chine, qui per-
mettaient aux Chinois d'enterrer leurs parents dans leurs jardins, selon leur ancienne coutume.

l'on trouve vers les montagnes qui divisent le Kentucky des Florides. Aussitôt que les Indiens aperçurent leur pasteur dans la plaine, ils abandonnèrent leurs travaux et accoururent au-devant de lui. Les uns baisaient sa robe, les autres aidaient ses pas; les mères élevaient dans leurs bras leurs petits enfants, pour leur faire voir l'homme de Jésus-Christ, qui répandait des larmes. Il s'informait, en marchant, de ce qui se passait au village; donnait un conseil à celui-ci, réprimandait doucement celui-là; il parlait des moissons à recueillir, des enfants à instruire, des peines à consoler, et il mêlait Dieu à tous ses discours.

Ainsi escortés, nous arrivâmes au pied d'une grande croix qui se trouvait sur le chemin. C'était là que le serviteur de Dieu avait accoutumé de célébrer les mystères de sa religion : « Mes chers néophytes, dit-il en se tournont vers la foule, il vous est arrivé un frère et une sœur; et pour surcroît de bonheur, je vois que la divine providence a épargné hier vos moissons : voilà deux grandes raisons de la remercier. Offrons donc le saint sacrifice, et que chacun y apporte un recueillement profond, une foi vive, une reconnaissance infinie et un cœur humilié. »

Aussitôt le prêtre divin revêt une tunique blanche d'écorce de mûrier; les vases sacrés sont tirés d'un tabernacle au pied de la croix, l'autel se prépare sur un quartier de roche, l'eau se puise dans le torrent voisin, et une grappe de raisin sauvage fournit le vin du sacrifice. Nous nous mettons tous à genoux dans les hautes herbes; le mystère commence.

L'aurore paraissant derrière les montagnes enflammait l'orient. Tout était d'or ou de rose dans la solitude. L'astre annoncé par tant de splendeur sortit enfin d'un abîme de lumière, et son premier rayon rencontra l'hostie consacrée, que le prêtre en ce moment même élevait dans les airs. O charme de la religion ! ô magnificence du culte chrétien ! pour sacrificateur un vieil ermite, pour autel un rocher, pour église le désert, pour assistance d'innocents sauvages ! Non, je ne doute point qu'au moment où nous nous prosternâmes, le grand mystère ne s'accomplît et que Dieu ne descendît sur la terre, car je le sentis descendre dans mon cœur.

Après le sacrifice, où il ne manqua pour moi que la fille de Lopez, nous nous rendîmes au village. Là, régnait le mélange le plus touchant de la vie sociale et de la vie de la nature : au coin d'une cyprière de l'antique désert, on découvrait une culture naissante ; les épis roulaient à flots d'or sur le tronc du chêne abattu, et la gerbe d'un été remplaçait l'arbre de trois siècles. Partout on voyait les forêts livrées aux flammes pousser de grosses fumées dans les airs, et la charrue se promener lentement entre les débris de leurs racines. Des arpenteurs avec de longues chaînes allaient mesurant le terrain ; des arbitres établissaient les premières propriétés ; l'oiseau cédait son nid ; le repaire de la bête féroce se changeait en une cabane ; on entendait gronder des forges, et les coups de la cognée faisaient, pour la dernière fois, mugir des échos expirant eux-mêmes avec les arbres qui leur servaient d'asile.

J'errais avec ravissement au milieu de ces tableaux, rendus plus doux par l'image d'Atala et par les rêves de félicité dont je berçais mon cœur. J'admirais le triomphe du christianisme sur la vie sauvage ; je voyais l'Indien se civilisant à la voix de la religion ; j'assistais aux noces primitives de l'homme et de la terre : l'homme, par ce grand contrat, abandonnant à la terre l'héritage de ses sueurs ; et la terre s'engageant en retour à porter fidèlement les moissons, les fils et les cendres de l'homme.

Cependant on présenta un enfant au missionnaire, qui le baptisa parmi des jasmins en fleur, au bord d'une source, tandis qu'un cercueil, au milieu des jeux et des travaux, se rendait aux Bocages de la Mort. Deux époux reçurent la bénédiction nuptiale sous un chêne, et nous allâmes ensuite les établir dans un coin du désert. Le pasteur marchait devant nous, bénissant çà et là, et le rocher, et l'arbre, et la fontaine, comme autrefois, selon le livre des chrétiens, Dieu bénit la terre inculte, en la donnant en héritage à Adam. Cette procession, qui pêle-mêle avec ses troupeaux suivait de rocher en rocher son chef vénérable, représentait à mon cœur attendri ces migrations des premières familles, alors que Sem, avec ses enfants, s'avançait à travers le monde inconnu, en suivant le soleil qui marchait devant lui.

Je voulus savoir du saint ermite, comment il gouvernait ses enfants ; il me répondit avec une grande complaisance : « Je ne leur ai donné aucune loi ; je leur ai seulement enseigné à s'aimer, à prier Dieu, et à espérer une meilleure vie :

toutes les lois du monde sont là dedans. Vous
voyez au milieu du village une cabane plus grande
que les autres : elle sert de chapelle dans la sai-
son des pluies. On s'y assemble soir et matin pour
louer le Seigneur, et quand je suis absent, c'est
un vieillard qui fait la prière ; car la vieillesse est,
comme la maternité, une espèce de sacerdoce.
Ensuite on va travailler dans les champs ; et si les
propriétés sont divisées, afin que chacun puisse
apprendre l'économie sociale, les moissons sont
déposées dans des greniers communs, pour maintenir la charité fraternelle. Quatre vieillards dis-
tribuent avec égalité le produit du labeur. Ajou-
tez à cela des cérémonies religieuses, beaucoup
de cantiques, la croix où j'ai célébré les mystères, l'ormeau sous lequel je prêche dans les bons
jours, nos tombeaux tout près de nos champs de
blé, nos fleuves où je plonge les petits enfants et
les saint Jean de cette nouvelle Béthanie, vous
aurez une idée complète de ce royaume de Jésus-
Christ. »

Les paroles du solitaire me ravirent, et je sentis la supériorité de cette vie stable et occupée,
sur la vie errante et oisive du sauvage.

Ah ! René, je ne murmure point contre la Providence, mais j'avoue que je ne me rappelle jamais cette société évangélique, sans éprouver
l'amertume des regrets. Qu'une hutte, avec Atala,
sur ces bords, eût rendu ma vie heureuse ! Là fi-
nissaient toutes mes courses ; là, avec une épouse,
inconnu des hommes, cachant mon bonheur au
fond des forêts, j'aurais passé comme ces fleuves
qui n'ont pas même un nom dans le désert. Au

lieu de cette paix que j'osais alors me promettre, dans quel trouble n'ai-je point coulé mes jours ! Jouet continuel de la fortune, brisé sur tous les rivages, longtemps exilé de mon pays, et n'y trouvant, à mon retour, qu'une cabane en ruine et des amis dans la tombe ; telle devait être la destinée de Chactas.

LE DRAME.

Si mon songe de bonheur fut vif, il fut aussi d'une courte durée, et le réveil m'attendait à la grotte du solitaire. Je fus surpris, en y arrivant au milieu du jour, de ne pas voir Atala accourir au-devant de nos pas. Je ne sais quelle soudaine horreur me saisit. En approchant de la grotte, je n'osais appeler la fille de Lopez : mon imagination était également épouvantée, ou du bruit, ou du silence qui succéderait à mes cris. Encore plus effrayé de la nuit qui régnait à l'entrée du rocher, je dis au missionnaire : « O vous que le ciel accompagne et fortifie, pénétrez dans ces ombres ! »

Qu'il est faible celui que les passions dominent ! Qu'il est fort celui qui se repose en Dieu ! Il y avait plus de courage dans ce cœur religieux, flétri par soixante et seize années, que dans toute l'ardeur de ma jeunesse. L'homme de paix entra dans la grotte, et je restai au dehors plein de terreur. Bientôt un faible murmure semblable à des plaintes sortit du fond du rocher, et vint frapper

mon oreille. Poussant un cri, et retrouvant mes
forces, je m'élançai dans la nuit de la caverne...
Esprits de mes pères! vous savez seuls le spectacle
qui frappa mes yeux!

Le solitaire avait allumé un flambeau de pin;
il le tenait d'une main tremblante au-dessus de
la couche d'Atala. Cette belle et jeune femme, à
moitié soulevée sur le coude, se montrait pâle et
échevelée. Les gouttes d'une sueur pénible brillaient sur son front; ses regards à demi éteints
cherchaient encore à m'exprimer son amour, et
sa bouche essayait de sourire. Frappé comme d'un
coup de foudre, les yeux fixés, les bras étendus,
les lèvres entr'ouvertes, je demeurai immobile.
Un profond silence règne un moment parmi les
trois personnages de cette scène de douleur. Le
solitaire le rompt le premier : « Ceci, dit-il, ne
sera qu'une fièvre occasionnée par la fatigue, et
si nous nous résignons à la volonté de Dieu, il
aura pitié de nous. »

A ces paroles, le sang suspendu reprit son
cours dans mon cœur, et avec la mobilité du sauvage, je passai subitement de l'excès de la crainte
à l'excès de la confiance. Mais Atala ne m'y laissa
pas longtemps. Balançant tristement la tête, elle
nous fit signe de nous approcher de sa couche.

« Mon père, dit-elle d'une voix affaiblie, en
s'adressant au religieux, je touche au moment de
la mort. O Chactas! écoute sans désespoir le funeste secret que je t'ai caché, pour ne pas te rendre trop misérable, et pour obéir à ma mère.
Tâche de ne pas m'interrompre par des marques
d'une douleur qui précipiterait le peu d'instants

que j'ai à vivre. J'ai beaucoup de choses à raconter, et aux battements de ce cœur, qui se ralen-
tissent... à je ne sais quel fardeau glacé que mon
sein soulève à peine... je sens que je ne me saurais trop hâter. »

Après quelques moments de silence, Atala pour-
suivit ainsi :

« Ma triste destinée a commencé presque avant
que j'eusse vu la lumière. Ma mère m'avait con-
çue dans le malheur ; je fatiguais son sein, et elle
me mit au monde avec de grands déchirements
d'entrailles : on désespéra de ma vie. Pour sauver mes jours, ma mère fit un vœu : elle promit
à la Reine des anges que je lui consacrerais ma
virginité, si j'échappais à la mort... Vœu fatal qui
me précipite au tombeau !

» J'entrais dans ma seizième année, lorsque je
perdis ma mère. Quelques heures avant de mourir
elle m'appela au bord de sa couche. « Ma fille, me
dit-elle en présence d'un missionnaire qui consolait ses derniers instants ; ma fille, tu sais le vœu
que j'ai fait pour toi. Voudrais-tu démentir ta
mère? O mon Atala ! je te laisse dans un monde
qui n'est pas digne de posséder une chrétienne,
au milieu d'idolâtres qui persécutent le Dieu de
ton père et le mien, le Dieu qui, après t'avoir
donné le jour, te l'a conservé par un miracle. Eh !
ma chère enfant, en acceptant le voile des vierges,
tu ne fais que renoncer aux soucis de la cabane
et aux funestes passions qui ont troublé le sein de
ta mère! Viens donc, ma bien-aimée, viens ; jure
sur cette image de la Mère du Sauveur, entre les
mains de ce saint prêtre et de ta mère expirante,

que tu ne me trahiras point à la face du ciel.
Songe que je me suis engagée pour toi, afin de te
sauver la vie, et que si tu ne tiens pas ma promesse, tu plongeras l'âme de ta mère dans des
tourments éternels ! »

 » O ma mère! pourquoi parlâtes-vous ainsi!
O religion qui fais à la fois mes maux et ma félicité, qui me perds et qui me consoles! Et toi, cher
et triste objet d'une passion qui me consume jusque dans les bras de la mort, tu vois maintenant,
ô Chactas! ce qui a fait la rigueur de notre destinée... Fondant en pleurs et me précipitant dans
le sein maternel, je promis tout ce qu'on me voulut faire promettre. Le missionnaire prononça
sur moi les paroles redoutables, et me donna le
scapulaire qui me lie pour jamais. Ma mère me
menaça de sa malédiction, si jamais je rompais
mes vœux, et après m'avoir recommandé un secret inviolable envers les païens persécuteurs de
ma religion, elle expira en me tenant embrassée.

 » Je ne connus pas d'abord les dangers de mes
serments. Pleine d'ardeur, et chrétienne véritable, fier du sang espagnol qui coule dans mes veines, je n'aperçus autour de moi que des hommes
indignes de recevoir ma main ; je m'applaudis de
n'avoir d'autre époux que le Dieu de ma mère. Je
te vis, jeune et beau prisonnier, je m'attendris
sur ton sort, je t'osai parler au bûcher de la forêt, alors je sentis tout le poids de mes vœux. »

Comme Atala achevait de prononcer ces paroles, serrant les poings, et regardant le missionnaire d'un air menaçant, je m'écriai : « La voilà
donc cette religion que vous m'avez tant vantée!

Périsse le serment qui m'enlève Atala ! Périsse le Dieu qui contrarie la nature ! Homme, prêtre, qu'es-tu venu faire dans ces forêts ?

« Te sauver, dit le vieillard d'une voix terrible, dompter tes passions, et t'empêcher, blasphémateur, d'attirer sur toi la colère céleste ! Il te sied bien, jeune homme, à peine entré dans la vie, de te plaindre de tes douleurs ! Où sont les marques de tes souffrances ? Où sont les injustices que tu as supportées ? Où sont tes vertus qui seules pourraient te donner quelques droits à la plainte ? Quel service as-tu rendu ? Quel bien as-tu fait ? Eh ! malheureux, tu ne m'offres que des passions, et tu oses accuser le ciel ! Quand tu auras, comme le père Aubry, passé trente années exilé sur les montagnes, tu seras moins prompt à juger des desseins de la Providence ; tu comprendras alors que tu ne sais rien, que tu n'es rien, et qu'il n'y a point de châtiment si rigoureux, point de maux si terribles, que la chair corrompue ne mérite de souffrir. »

Les éclairs qui sortaient des yeux du vieillard, sa barbe qui frappait sa poitrine, ses paroles foudroyantes le rendaient semblable à un dieu. Accablé de sa majesté, je tombai à ses genoux et lui demandai pardon de mes emportements. « Mon fils, me répondit-il avec un accent si doux, que le remords entra dans mon âme, mon fils, ce n'est pas pour moi-même que je vous ai réprimandé. Hélas ! vous avez raison, mon cher enfant : je suis venu faire bien peu de chose dans ces forêts, et Dieu n'a pas de serviteur plus indigne que moi. Mais, mon fils, le ciel, le ciel, voilà ce qu'il ne

faut jamais accuser! Pardonnez-moi si je vous ai
offensé, mais écoutons votre sœur. Il y a peut-être
du remède, ne nous lassons point d'espérer. Chactas, c'est une religion bien divine que celle-là qui
a fait une vertu de l'espérance!

« Mon jeune ami, reprit Atala, tu as été témoin de mes combats, et cependant tu n'en as vu
que la moindre partie; je te cachais le reste. Non,
l'esclave noir qui arrose de ses sueurs les sables
ardents de la Floride est moins misérable que n'a
été Atala. Te sollicitant à la fuite, et pourtant certaine de mourir si tu t'éloignais de moi; craignant
de fuir avec toi dans les déserts, et cependant
haletant après l'ombrage des bois... Ah! s'il n'a-
vait fallu que quitter parents, amis, patrie; si
même (chose affreuse!) il n'y eût eu que la perte
de mon âme!... Mais ton ombre, ô ma mère! ton
ombre était toujours là, me reprochant ses tourments! J'entendais tes plaintes, je voyais les flammes de l'enfer te consumer. Mes nuits étaient
arides et pleines de fantômes, mes jours étaient
désolés; la rosée du soir séchait en tombant sur
ma peau brûlante; j'entr'ouvrais mes lèvres aux
brises, et les brises, loin de m'apporter la fraîcheur, s'embrasaient du feu de mon souffle. Quel
tourment de te voir sans cesse auprès de moi, loin
de tous les hommes, dans de profondes solitudes,
et de sentir entre toi et moi une barrière invin-
cible! Passer ma vie à tes pieds, te servir comme
ton esclave, apprêter ton repas et ta couche dans
quelque coin ignoré de l'univers, eût été pour
moi le bonheur suprême; ce bonheur, j'y touchais, et je ne pouvais en jouir. Quel dessein n'ai-

je point rêvé! Quel songe n'est point sorti de ce
cœur si triste! Quelquefois, en attachant mes
yeux sur toi, j'allais jusqu'à former des désirs
aussi insensés que coupables : tantôt j'aurais voulu
être avec toi la seule créature vivante sur la terre;
tantôt, sentant une divinité qui m'arrêtait dans
mes horribles transports, j'aurais désiré que cette
divinité se fût anéantie, pourvu que, serrée dans
tes bras, j'eusse roulé d'abîme en abîme avec les
débris de Dieu et du monde! A présent même...
le dirai-je? à présent que l'éternité va m'englou-
tir, que je vais paraître devant le juge inexora-
ble, au moment où, pour obéir à ma mère, je vois
avec joie ma virginité dévorer ma vie; eh bien!
par une affreuse contradiction, j'emporte le regret de n'avoir pas été à toi!...

» — Ma fille, interrompit le missionnaire, votre
douleur vous égare. Cet excès de passion auquel
vous vous livrez est rarement juste, il n'est pas
même dans la nature ; et en cela il est moins coupable aux yeux de Dieu, parce que c'est plutôt
quelque chose de faux dans l'esprit, que de vi-
cieux dans le cœur. Il faut donc éloigner de vous
ces emportements, qui ne sont pas dignes de votre innocence. Mais aussi, ma chère enfant, votre
imagination impétueuse vous a trop alarmée sur
vos vœux. La religion n'exige point de sacrifice
plus qu'humain. Ses sentiments vrais, ses vertus
tempérées sont bien au-dessus des sentiments
exaltés et des vertus forcées d'un prétendu hé-
roïsme. Si vous aviez succombé, eh bien! pauvre
brebis égarée, le bon Pasteur vous aurait cher-
chée, pour vous ramener au troupeau. Les trésors

du repentir vous étaient ouverts, il faut des torrents de sang pour effacer nos fautes aux yeux
des hommes, une seule larme suffit à Dieu. Rassurez-vous donc, ma chère fille, votre situation
exige du calme; adressons-nous à Dieu, qui gué-
rit toutes les plaies de ses serviteurs. Si c'est sa
volonté, comme je l'espère, que vous échappiez à
cette maladie, j'écrirai à l'évêque de Quebec; il a
les pouvoirs nécessaires pour vous relever de vos
vœux, qui ne sont que des vœux simples; et vous
achèverez vos jours près de moi avec Chactas votre époux. »

A ces paroles du vieillard, Atala fut saisie d'une
longue convulsion, dont elle ne sortit que pour
donner des marques d'une douleur effrayante.
« Quoi! dit-elle en joignant les deux mains avec
passion, il y avait du remède? Je pouvais être
relevée de mes vœux! — Oui, ma fille, répondit
le père, et vous le pouvez encore. — Il est trop
tard, il est trop tard! s'écria-t-elle. Faut-il mourir au moment où j'apprends que j'aurais pu être
heureuse! Que n'ai-je connu plus tôt ce saint vieillard! Aujourd'hui, de quel bonheur je jouirais
avec toi, avec Chactas chrétien... consolée, rassu-
rée par ce prêtre auguste... dans ce désert.., pour
toujours... Oh! c'eût été trop de félicité!—Calme-
toi, lui dis-je en saisissant une des mains de l'infortunée, calme-toi, ce bonheur, nous allons le
goûter. --Jamais, jamais! dit Atala.—Comment?
repartis-je.—Tu ne sais pas tout! s'écria la vierge;
c'est hier... pendant l'orage... J'allais violer mes
vœux; j'allais plonger ma mère dans les flammes
de l'abîme; déjà sa malédiction était sur moi;

déjà je mentais au Dieu qui m'a sauvé la vie...
Quand tu baisais mes lèvres tremblantes, tu ne
savais pas, tu ne savais pas que tu n'embrassais
que la mort! — O ciel! s'écria le missionnaire,
chère enfant, qu'avez-vous fait?—Un crime, mon
père, dit Atala les yeux égarés; mais je ne perdais
que moi et je sauvais ma mère. — Achève donc !
m'écriai-je plein d'épouvante.—Eh bien ! dit-elle,
j'avais prévu ma faiblesse ; en quittant les cabanes, j'ai emporté avec moi... — Quoi ? repris-je
avec horreur. — Un poison! dit le père. — Il est
dans mon sein ! » s'écria Atala.

Le flambeau échappe de la main du solitaire ;
je tombe mourant près de la fille de Lopez. Le
vieillard nous saisit l'un et l'autre dans ses bras,
et tous trois, dans l'ombre, nous mêlons un moment nos sanglots sur cette couche funèbre.

« Réveillons-nous, réveillons-nous ! dit bientôt
le courageux ermite en allumant une lampe ; nous
perdons des moments précieux. Intrépides chrétiens, bravons les assauts de l'adversité : la corde
au cou, la cendre sur la tête, jetons-nous aux pieds
du Très-Haut pour implorer sa clémence, ou pour
nous soumettre à ses décrets. Peut-être est-il
temps encore. Ma fille, vous eussiez dû m'avertir
hier au soir.

—Hélas! mon père, dit Atala, je vous ai cherché la nuit dernière; mais le ciel, en punition de
mes fautes, vous a éloigné de moi. Tout secours
eût d'ailleurs été inutile ; car les Indiens mêmes,
si habiles dans ce qui regarde les poisons, ne con-
naissent point de remède à celui que j'ai pris. O
Chactas ! juge de mon étonnement, quand j'ai vu

que le coup n'était pas aussi subit que je m'y attendais ! Mon amour a redoublé mes forces, mon âme n'a pu si vite se séparer de toi. »

Ce ne fut plus ici par des sanglots que je troublai le récit d'Atala, ce fut par ces emportements qui ne sont connus que des sauvages. Je me roulai furieux sur la terre en me tordant les bras et en me dévorant les mains. Le vieux prêtre, avec une tendresse merveilleuse, courait du frère à la sœur, et nous prodiguait mille secours. Dans le calme de son cœur et sous le fardeau des ans, il savait se faire entendre à notre jeunesse, et sa religion lui fournissait des accents plus tendres et plus brûlants que nos passions mêmes. Ce prêtre, qui depuis quarante années s'immolait chaque jour au service de Dieu et des hommes dans ces montagnes, ne te rappelle-t-il pas ces holocaustes d'Israël, fumant perpétuellement sur les hauts lieux, devant le Seigneur?

Hélas! ce fut en vain qu'il essaya d'apporter quelque remède aux maux d'Atala. La fatigue, le chagrin, le poison, et une passion plus mortelle que tous les poisons ensemble, se réunissaient pour ravir cette fleur à la solitude. Vers le soir, des symptômes effrayants se manifestèrent ; un engourdissement général saisit les membres d'Atala, et les extrémités de son corps commencèrent à refroidir : « Touche mes doigts, me disait-elle, ne les trouves-tu pas bien glacés? » Je ne savais que répondre, et mes cheveux se hérissaient d'horreur. Ensuite elle ajouta : « Hier encore, mon bien-aimé, ton seul toucher me faisait tressaillir, et voilà que je ne sens plus ta main, je n'entends presque plus ta voix, les objets de la grotte disparaissent tour à tour. Ne sont-ce pas les oiseaux qui chantent? Le soleil doit être près de se coucher maintenant? Chactas, ses rayons seront bien beaux au désert, sur ma tombe! »

Atala, s'apercevant que ces paroles nous faisaient fondre en pleurs, nous dit : « Pardonnez-moi, mes bons amis, je suis bien faible ; mais peut-être que je vais devenir plus forte. Cependant mourir si jeune, tout à la fois, quand mon cœur était si plein de vie ! Chef de la prière, aie pitié de moi ; soutiens-moi. Crois-tu que ma mère soit contente, et que Dieu me pardonne ce que j'ai fait ?

—Ma fille, répondit le bon religieux en versant des larmes, et les essuyant avec ses doigts tremblants et mutilés, ma fille, tous vos malheurs viennent de votre ignorance ; c'est votre éducation sauvage et le manque d'instruction nécessaire qui vous ont perdue : vous ne saviez pas qu'une chrétienne ne peut disposer de sa vie. Consolez-vous donc, ma chère brebis ; Dieu vous pardonnera, à cause de la simplicité de votre cœur. Votre mère et l'imprudent missionnaire qui la dirigeait ont été plus coupables que vous ; ils ont dépassé leurs pouvoirs, en vous arrachant un vœu indiscret ; mais que la paix du Seigneur soit avec eux! Vous offrez tous trois un terrible exemple des dangers de l'enthousiasme et du défaut de lumières en matière de religion. Rassurez-vous, mon enfant ; celui qui sonde les reins et les cœurs vous jugera sur vos intentions, qui étaient pures, et non sur votre action, qui est condamnable.

» Quant à la vie, si le moment est arrivé de
vous endormir dans le Seigneur, ah ! ma chère
enfant, que vous perdez peu de chose en perdant
ce monde ! Malgré la solitude où vous avez vécu,
vous avez connu les chagrins ; que penseriez-vous
donc si vous eussiez été témoin des maux de la
société, si, en abordant sur les rivages de l'Europe, votre oreille eût été frappée de ce long cri
de douleur qui s'élève de cette vieille terre ! L'ha-
bitant de la cabane, et celui des palais, tout souf-
fre, tout gémit ici-bas ; les reines ont été vues
pleurant comme de simples femmes, et l'on s'est
étonné de la quantité de larmes que contiennent
les yeux des rois ! Est-ce votre amour que vous
regrettez ? Ma fille, il faudrait autant pleurer un
songe. Connaissez-vous le cœur de l'homme, et
pourriez-vous compter les inconstances de son désir ? Vous calculeriez plutôt le nombre des vagues
que la mer roule dans une tempête. Atala, les
sacrifices, les bienfaits ne sont pas des liens éternels : un jour, peut-être, le dégoût fût venu avec
la satiété, le passé eût été compté pour rien, et
l'on n'eût plus aperçu que les inconvénients d'une
union pauvre et méprisée. Sans doute, ma fille,
les plus belles amours furent celles de cet homme
et de cette femme, sorti de la main du Créateur.
Un paradis avait été formé pour eux, ils étaient
innocents et immortels. Parfaits de l'âme et du
corps, ils se convenaient en tout : Eve avait été
créée pour Adam, et Adam pour Eve. S'ils n'ont
pu toutefois se maintenir dans cet état de bonheur, quels couples le pourront après eux ? Je
ne vous parlerai point des mariages des premières

nés des hommes, de ces unions ineffables, alors
que la sœur était l'épouse du frère, que l'amour
et l'amitié fraternelle se confondaient dans le
même cœur, et que la pureté de l'une augmentait les délices de l'autre. Toutes ces unions ont
été troublées; la jalousie s'est glissée à l'autel de
gazon où l'on immolait le chevreau, elle a régné
sous la tente d'Abraham, et dans ces couches
mêmes où les patriarches goûtaient tant de joie,
qu'ils oubliaient la mort de leurs mères.

» Vous seriez-vous donc flattée, mon enfant,
d'être plus innocente et plus heureuse dans vos
liens, que ces saintes familles dont Jésus-Christ
a voulu descendre? Je vous épargne les détails
des soucis du ménage, les disputes, les reproches
mutuels, les inquiétudes et toutes ces peines secrètes qui veillent sur l'oreiller du lit conjugal.
La femme renouvelle ses douleurs chaque fois
qu'elle est mère, et elle se marie en pleurant. Que
de maux dans la seule perte d'un nouveau-né à
qui l'on donnait le lait, et qui meurt sur votre
sein! La montagne a été pleine de gémissements;
rien ne pouvait consoler Rachel, parce que ses
fils n'étaient plus. Ces amertumes attachées aux
tendresses humaines sont si fortes que j'ai vu,
dans ma patrie, de grandes dames, aimées par
des rois, quitter la cour pour s'ensevelir dans les
cloîtres, et mutiler cette chair révoltée, dont les
plaisirs ne sont que des douleurs.

» Mais peut-être direz-vous que ces derniers
exemples ne vous regardent pas; que toute votre
ambition se réduisait à vivre dans une obscure
cabane avec l'homme de votre choix; que vous

cherchiez moins les douceurs du mariage que les
charmes de cette folie que la jeunesse appelle
amour. Illusion, chimère, vanité, rêve d'une imagination blessée! Et moi aussi, ma fille, j'ai connu
les troubles du cœur; cette tête n'a pas toujours
été chauve, ni ce sein aussi tranquille qu'il vous le
paraît aujourd'hui. Croyez-en mon expérience:
si l'homme, constant dans ses affections, pouvait
sans cesse fournir à un sentiment renouvelé sans
cesse, sans doute, la solitude et l'amour l'égale-
raient à Dieu même; car ce sont là les deux éternels plaisirs du grand Etre. Mais l'âme de l'homme
se fatigue, et jamais elle n'aime longtemps le
même objet avec plénitude. Il y a toujours quelques points par où deux cœurs ne se touchent
pas, et ces points suffisent à la longue pour rendre la vie insupportable.

» Enfin, ma chère fille, le grand tort des hommes, dans leur songe de bonheur, est d'oublier
cette infirmité de la mort attachée à leur nature:
il faut finir. Tôt ou tard, quelle qu'eût été votre
félicité, ce beau visage se fût changé en cette
figure uniforme que le sépulcre donne à la famille
d'Adam; l'œil même de Chactas n'aurait pu vous
reconnaître entre vos sœurs de la tombe. L'amour
n'étend point son empire sur les vers du
cercueil. Que dis-je? (ô vanité des vanités!) que
parlé-je de la puissance des amitiés sur la terre?
Voulez-vous, ma chère fille, en connaître l'étendue? Si un homme revenait à la lumière, quelques années après sa mort, je doute qu'il
fût revu avec joie par ceux-là mêmes qui ont
donné le plus de larmes à sa mémoire: tant

on forme vite d'autres liaisons, tant on prend facilement d'autres habitudes, tant l'inconstance est naturelle à l'homme, tant notre vie est peu de chose même dans le cœur de nos amis !

» Remerciez donc la bonté divine, ma chère fille, qui vous retire si vite de cette vallée de misère. Déjà le vêtement blanc et la couronne éclatante des vierges se préparent pour vous sur les nuées; déjà j'entends la Reine des anges qui vous crie : «Venez, ma digne servante, venez, ma colombe, venez vous asseoir sur un trône de candeur, parmi toutes ces filles qui ont sacrifié leur beauté et leur jeunesse au service de l'humanité, à l'éducation des enfants et aux chefs-d'œuvre de la pénitence. Venez, rose mystique, vous reposer sur le sein de Jésus-Christ. Ce cercueil, lit nuptial que vous vous êtes choisi, ne sera point trompé ; et les embrassements de votre céleste Époux ne finiront jamais!»

Comme le dernier rayon du jour abat les vents et répand le calme dans le ciel, ainsi la parole tranquille du vieillard apaisa les passions dans le sein de mon amante. Elle ne parut plus occupée que de ma douleur et des moyens de me faire supporter sa perte. Tantôt elle me disait qu'elle mourrait heureuse si je lui promettais de sécher mes pleurs; tantôt elle me parlait de ma mère, de ma patrie; elle cherchait à me distraire de la douleur présente en réveillant en moi une douleur passée. Elle m'exhortait à la patience, à la vertu. Tu ne seras pas toujours malheureux, disait-elle : si le ciel t'éprouve aujourd'hui, c'est seulement pour te rendre plus compatissant aux

maux des autres. Le cœur, ô Chactas ! est comme
ces sortes d'arbres qui ne donnent leur baume
pour les blessures des hommes que lorsque le fer
les a blessés eux-mêmes. »

Quand elle avait ainsi parlé, elle se tournait
vers le missionnaire, cherchait auprès de lui le
soulagement qu'elle m'avait fait éprouver, et, tour
à tour consolante et consolée, elle donnait et recevait la parole de vie sur la couche de la mort.

Cependant l'ermite redoublait de zèle. Ses
vieux os s'étaient ranimés par l'ardeur de la charité, et toujours préparant des remèdes, rallu-
mant le feu, rafraîchissant la couche, il faisait
d'admirables discours sur Dieu et sur le bonheur
des justes. Le flambeau de la religion à la main,
il semblait précéder Atala dans la tombe, pour
lui en montrer les secrètes merveilles. L'humble
grotte était remplie de la grandeur de ce trépas
chrétien, et les esprits célestes étaient, sans doute,
attentifs à cette scène où la religion luttait seule
contre l'amour, la jeunesse et la mort.

Elle triomphait, cette religion divine, et l'on
s'apercevait de sa victoire à une sainte tristesse
qui succédait dans nos cœurs aux premiers transports des passions. Vers le milieu de la nuit,
Atala sembla se ranimer pour répéter des prières
que le religieux prononçait au bord de sa couche.
Peu de temps après, elle me tendit la main, et
avec une voix qu'en entendait à peine, elle me
dit : « Fils d'Outalissi, te rappelles-tu cette première nuit où tu me pris pour la vierge des dernières amours ? Singulier présage de notre destinée ! » Elle s'arrêta ; puis elle reprit : « Quand

je songe que je te quitte pour toujours, mon cœur fait un tel effort pour revivre, que je me sens presque le pouvoir de me rendre immortelle à force d'aimer. Mais, ô mon Dieu, que votre volonté soit faite ! » Atala se tut pendant quelques instants ; elle ajouta : » Il ne me reste plus qu'à vous demander pardon des maux que je vous ai causés. Je vous ai beaucoup tourmenté par mon orgueil et mes caprices. Chactas, un peu de terre jeté sur mon corps va mettre tout un monde entre vous et moi, et vous délivrer pour toujours du poids de mes infortunes.

— Vous pardonner ! répondis-je noyé de larmes ; n'est-ce pas moi qui ai causé tous vos malheurs ? — Mon ami, dit-elle en m'interrompant, vous m'avez rendue très-heureuse, et si j'étais à recommencer la vie, je préférerais encore le bonheur de vous avoir aimé quelques instants dans un exil infortuné, à toute une vie de repos dans ma patrie. »

Ici la voix d'Atala s'éteignit ; les ombres de la mort se répandirent autour de ses yeux et de sa bouche ; ses doigts errants cherchaient à toucher quelque chose ; elle conversait tout bas avec des esprits invisibles. Bientôt, faisant un effort, elle essaya, mais en vain, de détacher de son cou le petit crucifix ; elle me pria de le dénouer moi-même, et elle me dit :

« Quand je te parlai pour la première fois, tu vis cette croix briller à la lueur du feu sur mon sein ; c'est le seul bien que possède Atala. Lopez, ton père et le mien, l'envoya à ma mère, peu de jours après ma naissance. Reçois donc de moi cet

héritage, ô mon frère! conserve-le en mémoire
de mes malheurs. Tu auras recours à ce Dieu des
infortunés dans les chagrins de ta vie. Chactas,
j'ai une dernière prière à te faire. Ami, notre
union aurait été courte sur la terre; mais il est
après cette vie une plus longue vie. Qu'il serait
affreux d'être séparée de toi pour jamais! Je ne
fais que te devancer aujourd'hui, et je te vais at-
tendre dans l'empire céleste. Si tu m'as aimée,
fais-toi instruire dans la religion chrétienne, qui
préparera notre réunion. Elle fait sous tes yeux
un grand miracle! cette religion, puisqu'elle me
rend capable de te quitter, sans mourir dans les
angoisses du désespoir. Cependant, Chactas, je ne
veux de toi qu'une simple promesse, je sais trop
ce qu'il en coûte pour te demander un serment.
Peut-être ce vœu te séparerait-il de quelque
femme plus heureuse que moi... O ma mère!
pardonne à ta fille. O Vierge! retenez votre cour-
roux. Je retombe dans mes faiblesses, et je te dé-
robe, ô mon Dieu! des pensées qui ne devraient
être que pour toi. »

Navré de douleur, je promis à Atala d'embrasser un jour la religion chrétienne. A ce spectacle, le solitaire se levant d'un air inspiré, et
étendant les bras vers la voûte de la grotte : « Il
est temps, s'écria-t-il, il est temps d'appeler Dieu
ici ! »

A peine a-t-il prononcé ces mots, qu'une force
surnaturelle me contraint de tomber à genoux, et
m'incline la tête au pied du lit d'Atala. Le prêtre
ouvre un lieu secret où était renfermée une urne
d'or, couverte d'un voile de soie; il se prosterne

et adore profondément. La grotte parut soudain illuminée : on entendit dans les airs les paroles des anges et les frémissements des harpes célestes ; et lorsque le solitaire tira le vase sacré de son tabernacle, je crus voir Dieu lui-même sortir du flanc de la montagne.

Le prêtre ouvrit le calice ; il prit entre ses deux doigts une hostie blanche comme la neige, et s'approcha d'Atala, en prononçant des mots mystérieux. Cette sainte avait les yeux levés au ciel, en extase. Toutes ses douleurs parurent suspendues, toute sa vie se rassembla sur sa bouche ; ses lèvres s'entr'ouvrirent, et vinrent avec respect chercher le Dieu caché sous le pain mystique. Ensuite le divin vieillard trempe un peu de coton dans une huile consacrée ; il en frotte les tempes d'Atala, il regarde un moment la fille mourante, et tout à coup ces fortes paroles lui échappent : « Partez, âme chrétienne : allez rejoindre votre Créateur ! » Relevant alors ma tête abattue, je m'écriai, en regardant le vase où était l'huile sainte : « Mon père, ce remède rendra-t-il la vie à Atala ? — Oui, mon fils, dit le vieillard en tombant dans mes bras, la vie éternelle ! » Atala venait d'expirer.

Dans cet endroit, pour la seconde fois depuis le commencement de son récit, Chactas fut obligé de s'interrompre. Ses pleurs l'inondaient, et sa voix ne laissait échapper que des mots entrecoupés. Le sachem aveugle ouvrit son sein, il en tira le crucifix d'Atala. « Le voilà, s'écria-t-il, ce gage de l'adversité ! O René, ô mon fils ! tu le vois ; et moi, je ne le vois plus ! Dis-moi, après tant

d'années, l'or n'en est-il pas altéré? N'y vois-tu
point la trace de mes larmes? Pourrais-tu reconnaître l'endroit qu'une sainte a touché de ses lèvres? Comment Chactas n'est-il point encore
chrétien? Quelles frivoles raisons de politique et
de patrie l'ont jusqu'à présent retenu dans les erreurs de ses pères? Non, je ne veux pas tarder
plus longtemps. La terre me crie : Quand donc
descendras-tu dans la tombe, et qu'attends-tu
pour embrasser une religion divine?... O terre!
vous ne m'attendrez pas longtemps : aussitôt
qu'un prêtre aura rajeuni dans l'onde cette tête
blanchie par les chagrins, j'espère me réunir à
Atala... Mais achevons ce qui me reste à conter
de mon histoire. »

LES FUNÉRAILLES.

Je n'entreprendrai point, ô René! de te peindre aujourd'hui le désespoir qui saisit mon âme,
lorsque Atala eut rendu le dernier soupir. Il faudrait avoir plus de chaleur qu'il ne m'en reste; il
faudrait que mes yeux fermés se pussent rouvrir
au soleil, pour lui demander compte des pleurs
qu'ils versèrent à sa lumière. Oui, cette lune qui
brille à présent sur nos têtes se lassera d'éclairer
les solitudes du Kentucky; oui, le fleuve qui
porte maintenant nos pirogues suspendra le cours
de ses eaux, avant que mes larmes cessent de
couler pour Atala! Pendant deux jours entiers,
je fus insensible aux discours de l'ermite. En es-

sayant de calmer mes peines, cet excellent homme
ne se servait point des vaines raisons de la terre,
il se contentait de me dire : « Mon fils, c'est la
volonté de Dieu ; » et il me pressait dans ses bras.
Je n'aurais jamais cru qu'il y eût tant de consola-
tion dans ce peu de mots du chrétien résigné, si
je ne l'avais éprouvé moi-même.

La tendresse, l'onction, l'inaltérable patience
du vieux serviteur de Dieu vainquirent enfin
l'obstination de ma douleur. J'eus honte des larmes que je lui faisais répandre. « Mon père, lui
dis-je, c'en est trop : que les passions d'un jeune
homme ne troublent plus la paix de tes jours !
Laisse-moi emporter les restes de mon épouse ; je
les ensevelirai dans quelque coin du désert, et si
je suis encore condamné à la vie, je tâcherai de
me rendre digne de ces noces éternelles qui m'ont
été promises par Atala. »

A ce retour inespéré de courage, le bon père
tressaillit de joie ; il s'écria : « O sang de Jésus-
Christ, sang de mon divin Maître, je reconnais là
tes mérites ! Tu sauveras sans doute ce jeune
homme. Mon Dieu, achève ton ouvrage. Rends la
paix à cette âme troublée, et ne lui laisse de ses
malheurs que d'humbles et utiles souvenirs. »

Le juste refusa de m'abandonner le corps de la
fille de Lopez, mais il me proposa de faire venir
ses néophytes, et de l'enterrer avec toute la
pompe chrétienne ; je m'y refusai à mon tour.
« Les malheurs et les vertus d'Atala, lui dis-je,
ont été inconnus des hommes : que sa tombe,
creusée furtivement par nos mains, partage cette
obscurité ! » Nous convînmes que nous partirions

le lendemain au lever du soleil pour enterrer
Atala sous l'arche du pont naturel, à l'entrée des
Bocages de la Mort. Il fut aussi résolu que nous
passerions la nuit en prières auprès du corps de
cette sainte.

Vers le soir, nous transportâmes ses précieux
restes à une ouverture de la grotte, qui donnait
vers le nord. L'ermite les avait roulés dans une
pièce de lin d'Europe, filé par sa mère; c'était le
seul bien qui lui restât de sa patrie, et depuis
longtemps il le destinait à son propre tombeau.
Atala était couchée sur un gazon de sensitives de
montagnes ; ses pieds, sa tête, ses épaules, et une
partie de son sein étaient découverts. On voyait
dans ses cheveux une fleur de magnolia · fanée...
celle-là même que j'avais déposée sur le lit de la
vierge, pour la rendre féconde. Ses lèvres, comme
un bouton de rose cueilli depuis deux matins,
semblaient languir et sourire. Dans ses joues
d'une blancheur éclatante on distinguait quelques
veines bleues. Ses beaux yeux étaient fermés, ses
pieds modestes étaient joints, et ses mains d'albâtre pressaient sur son cœur un crucifix d'ébène;
le scapulaire de ses vœux était passé à son cou.
Elle paraissait enchantée par l'ange de la Mélancolie, et par le double sommeil de l'innocence et
de la tombe. Je n'ai rien vu de plus céleste. Quiconque eût ignoré que cette jeune fille avait joui
de la lumière aurait pu la prendre pour la statue
de la Virginité endormie.

Le religieux ne cessa de prier toute la nuit.
J'étais assis en silence au chevet du lit funèbre
de mon Atala. Que de fois, durant son sommeil,

j'avais supporté sur mes genoux cette tête charmante! Que de fois je m'étais penché sur elle, pour entendre et pour respirer son souffle! Mais à présent aucun bruit ne sortait de ce sein immobile, et c'était en vain que j'attendais le réveil de la beauté!

La lune prêta son pâle flambeau à cette veillée funèbre. Elle se leva au milieu de la nuit, comme une blanche vestale qui vient pleurer sur le cercueil d'une compagne. Bientôt elle répandit dans les bois ce grand secret de mélancolie, qu'elle aime à raconter aux vieux chênes et aux rivages antiques des mers. De temps en temps, le religieux plongeait un rameau fleuri dans une eau consacrée, puis secouant la branche humide, il parfumait la nuit des baumes du ciel. Parfois il répétait sur un air antique quelques vers d'un vieux poëte nommé Job ; il disait :

« J'ai passé comme une fleur ; j'ai séché comme l'herbe des champs.

» Pourquoi la lumière a-t-elle été donnée à un misérable, et la vie à ceux qui sont dans l'amertume du cœur ? »

Ainsi chantait l'ancien des hommes. Sa voix grave et un peu cadencée allait roulant dans le silence des déserts. Le nom de Dieu et du tombeau sortait de tous les échos, de tous les torrents, de toutes les forêts ; les roucoulements de la colombe de Virginie, la chute d'un torrent dans la montagne, les tintements de la cloche qui appelait les voyageurs, se mêlaient à ces chants funèbres, et l'on croyait entendre dans les Bocagés de la Mort le chœur lointain des décédés, qui répondaient à la voix du solitaire.

Cependant une barre d'or se forma dans l'orient. Les éperviers criaient sur les rochers, et les martres rentraient dans le creux des ormes : c'était le signal du convoi d'Atala. Je chargeai le corps sur mes épaules ; l'ermite marchait devant moi, une bêche à la main. Nous commençâmes à descendre de rochers en rochers ; la vieillesse et la mort ralentissaient également nos pas. A la vue du chien qui nous avait trouvés dans la forêt, et qui maintenant, bondissant de joie, nous traçait une autre route, je me mis à fondre en larmes. Souvent la longue chevelure d'Atala, jouet des brises matinales, étendait son voile d'or sur mes yeux ; souvent pliant sous le fardeau, j'étais obligé de le déposer sur la mousse et de m'asseoir auprès pour reprendre des forces. Enfin, nous arrivâmes au lieu marqué par ma douleur ; nous descendîmes sous l'arche du pont. O mon fils ! il eût fallu voir un jeune sauvage et un vieil ermite, à genoux l'un vis-à-vis de l'autre dans un désert, creusant avec leurs mains un tombeau pour une pauvre fille dont le corps était étendu près de là, dans la ravine desséchée d'un torrent !

Quand notre ouvrage fut achevé, nous transportâmes la beauté dans son lit d'argile. Hélas! j'avais espéré de préparer une autre couche pour elle ! Prenant alors un peu de poussière dans ma main, et gardant un silence effroyable, j'attachai, pour la dernière fois, mes yeux sur le visage d'Atala. Ensuite je répandis la terre du sommeil

sur un front de dix-huit printemps ; je vis graduellement disparaître les traits de ma sœur, et
ses grâces se cacher sous le rideau de l'éternité ;
son sein surmonta quelque temps le sol noirci,
comme un lis blanc s'élève du milieu d'une som-
bre argile : « Lopez, m'écriai-je alors, vois ton
fils inhumer ta fille ! » Et j'achevai de couvrir
Atala de la terre du sommeil.

Nous retournâmes à la grotte, et je fis part au
missionnaire du projet que j'avais formé de me
fixer près de lui. Le saint, qui connaissait mer-
veilleusement le cœur de l'homme, découvrit ma
pensée et la ruse de ma douleur. Il me dit :
« Chactas, fils d'Outalissi, tandis qu'Atala a vécu,
je vous ai sollicité moi-même de demeurer auprès
de moi ; mais à présent votre sort est changé :
vous vous devez à votre patrie. Croyez-moi, mon
fils, les douleurs ne sont point éternelles ; il faut
tôt ou tard qu'elles finissent, parce que le cœur
de l'homme est fini ; c'est une de nos grandes misères : nous ne sommes pas mêmes capables d'être
longtemps malheureux. Retournez au Meschacébé : allez consoler votre mère, qui vous pleure
tous les jours, et qui a besoin de votre appui. Faites-
vous instruire dans la religion de votre Atala,
lorsque vous en trouverez l'occasion, et souvenez-
vous que vous lui avez promis d'être vertueux et
chrétien. Moi, je veillerai ici sur son tombeau.
Partez, mon fils. Dieu, l'âme de votre sœur, et le
cœur de votre ami vous suivront. »

Telles furent les paroles de l'homme du rocher ;
son autorité était trop grande, sa sagesse trop profonde, pour ne lui obéir pas. Dès le lendemain,

je quittai mon vénérable hôte, qui, me pressant
sur son cœur, me donna ses derniers conseils, sa
dernière bénédiction et ses dernières larmes. Je
passai au tombeau ; je fus surpris d'y trouver une
petite croix qui se montrait au-dessus de la mort,
comme on aperçoit encore le mât d'un vaisseau
qui a fait naufrage. Je jugeai que le solitaire était
venu prier au tombeau, pendant la nuit; cette
marque d'amitié et de religion fit couler mes
pleurs en abondance. Je fus tenté de rouvrir la
fosse, et de voir encore une fois ma bien-aimée;
une crainte religieuse me retint. Je m'assis sur la
terre fraîchement remuée. Un coude appuyé sur
mes genoux, et la tête soutenue dans ma main, je
demeurai enseveli dans la plus amère rêverie. O
René ! c'est là que je fis pour la première fois des
réflexions sérieuses sur la vanité de nos jours, et
la plus grande vanité de nos projets! Eh! mon
enfant, qui ne les a point faites ces réflexions!
Je ne suis plus qu'un vieux cerf blanchi par les
hivers; mes ans le disputent à ceux de la cor-
neille : eh bien! malgré tant de jours accumulés
sur ma tête, malgré une si longue expérience de
la vie, je n'ai point encore rencontré d'homme
qui n'eût été trompé dans ses rêves de félicité,
point de cœur qui n'entretînt une plaie cachée.
Le cœur le plus serein en apparence ressemble au
puits naturel de la savane Alachua : la surface en
paraît calme et pure, mais quand vous regardez
au fond du bassin, vous apercevez un large crocodile, que le puits nourrit dans ses eaux.

Ayant ainsi vu le soleil se lever et se coucher
sur ce lieu de douleur, le lendemain, au premier

cri de la cigogne je me préparai à quitter la sépulture sacrée. J'en partis comme de la borne d'où je voulais m'élancer dans la carrière de la vertu. Trois fois j'évoquai l'âme d'Atala; trois fois le génie du désert répondit à mes cris sous l'arche funèbre. Je saluai ensuite l'orient, et je découvris au loin, dans les sentiers de la montagne, l'ermite qui se rendait à la cabane de quelque infortuné. Tombant à genoux et embrassant étroitement la fosse, je m'écriai : « Dors en paix dans cette terre étrangère, fille trop malheureuse! Pour prix de ton amour, de ton exil et de ta mort, tu vas être abandonnée, même de Chactas! » Alors, versant des flots de larmes, je me séparai de la fille de Lopez, alors je m'arrachai de ces lieux, laissant au pied du monument de la nature, un monument plus auguste : l'humble tombeau de la vertu.

ÉPILOGUE.

Chactas, fils d'Outalissi, le Natchez, a fait cette histoire à René l'Européen. Les pères l'ont redite aux enfants; et moi, voyageur aux terres lointaines, j'ai fidèlement rapporté ce que les Indiens m'en ont appris. Je vis dans ce récit le tableau du peuple chasseur et du peuple laboureur, la religion, première législatrice des hommes, les dangers de l'ignorance et de l'enthousiasme religieux, opposés aux lumières, à la charité et au véritable esprit de l'Evangile, les combats des passions et des vertus dans un cœur simple, enfin le triomphe du christianisme sur le sentiment le plus fougueux et la crainte la plus terrible, l'amour et la mort.

Quand un Siminole me raconta cette histoire, je la trouvai fort instructive et parfaitement belle, parce qu'il y mit la fleur du désert, la grâce de la cabane, et une simplicité à conter la douleur, que je ne me flatte pas d'avoir conservées. Mais une chose me restait à voir. Je demandais ce qu'était devenu le père Aubry, et personne ne me le pouvait dire. Je l'aurais toujours ignoré, si la Providence, qui conduit tout, ne m'avait découvert ce que je cherchais. Voici comme la chose se passa.

J'avais parcouru les rivages du Meschacébé, qui formaient autrefois la barrière méridionale de la Nouvelle-France, et j'étais curieux de voir au nord l'autre merveille de cette empire, la cataracte de Niagara. J'étais arrivé tout près de cette chute, dans l'ancien pays des Agonnonsioni [1], lorsque un matin, en traversant une plaine, j'aperçus une femme assise sous un arbre, et tenant un enfant mort sur ses genoux. Je m'approchai doucement de la jeune mère, et je l'entendis qui disait :

« Si tu étais resté parmi nous, cher enfant, comme ta main eût bandé l'arc avec grâce ! Ton bras eût dompté l'ours en fureur ; et sur le sommet de la montagne, tes pas auraient défié le chevreuil à la course. Blanche hermine du rocher, si jeune être allée dans le pays des âmes ! Comment feras-tu pour y vivre ? Ton père n'y est point pour

---

[1] Les Iroquois.

t'y nourrir de sa chasse. Tu auras froid, et aucun esprit ne te donnera des peaux pour te couvrir. Oh! il faut que je me hâte de t'aller rejoindre, pour te chanter des chansons, et te présenter mon sein. »

Et la jeune mère chantait d'une voix tremblante, balançait l'enfant sur ses genoux, humectait ses lèvres du lait maternel, et prodiguait à la mort tous les soins qu'on donne à la vie.

Cette femme voulait faire sécher le corps de son fils sur les branches d'un arbre, selon la coutume indienne, afin de l'emporter ensuite aux tombeaux de ses pères. Elle dépouilla donc le nouveau-né, et respirant quelques instants sur sa bouche, elle dit : « Ame de mon fils, âme charmante, ton père t'a créée jadis sur mes lèvres par un baiser; hélas! les miens n'ont pas le pouvoir de te donner une seconde naissance! » Ensuite elle découvrit son sein, et embrassa ces restes glacés qui se fussent ranimés au feu du cœur maternel, si Dieu ne s'était réservé le souffle qui donne la vie.

Elle se leva, et chercha des yeux un arbre sur les branches duquel elle pût exposer son enfant. Elle choisit un érable à fleurs rouges, festonné de guirlandes d'apios, et qui exhalait les parfums les plus suaves. D'une main elle en abaissa les rameaux inférieurs, de l'autre elle y plaça le corps; laissant alors échapper la branche, la branche retourna à sa position naturelle, emportant la dépouille de l'innocence, cachée dans un feuillage odorant. Oh! que cette coutume indienne est touchante! Je vous ai vus dans vos campagnes

désolées, pompeux monuments des Crassus et des
Césars, et je vous préfère encore ces tombeaux
aériens du sauvage, ces mausolées de fleurs et de
verdure que parfume l'abeille, que balance le
zéphir, et où le rossignol bâtit son nid et fait entendre sa plaintive mélodie. Si c'est la dépouille
d'une jeune fille que la main d'un amant a suspendue à l'arbre de la mort, si ce sont les restes
d'un enfant chéri qu'une mère a placés dans la
demeure des petits oiseaux, le charme redouble
encore. Je m'approchai de celle qui gémissait au
pied de l'arbre; je lui imposai les mains sur la
tête en poussant les trois cris de douleur. Ensuite,
sans lui parler, prenant comme elle un rameau,
j'écartai les insectes qui bourdonnaient autour du
corps de l'enfant. Mais je me donnai de garde
d'effrayer une colombe voisine. L'Indienne lui
disait : « Colombe, si tu n'es pas l'âme de mon
fils qui s'est envolée, tu es, sans doute, une mère
qui cherche quelque chose pour faire un nid.
Prends de ces cheveux, que je ne laverai plus
dans l'eau d'esquine, prends-en pour coucher tes
petits : puisse le grand Esprit te les conserver. »
Cependant la mère pleurait de joie en voyant
la politesse de l'étranger. Comme nous faisions
ceci, un jeune homme approcha. « Fille de Céluta, retire notre enfant, nous ne séjourne-
rons pas plus longtemps ici, et nous partirons au
premier soleil. » Je dis alors : « Frère, je te sou-
haite un ciel bleu, beaucoup de chevreuils, un
manteau de castor, et l'espérance. Tu n'es donc
pas de ce désert? — Non, répondit le jeune
homme, nous sommes des exilés, et nous allons

chercher une patrie. » En disant cela, le guerrier
baissa la tête dans son sein, et avec le bout de son
arc il abattait la tête des fleurs. Je vis qu'il y avait
des larmes au fond de cette histoire, et je me tus.
La femme retira son fils des branches de l'arbre,
et elle le donna à porter à son époux. Alors je dis :
« Voulez-vous me permettre d'allumer votre feu
cette nuit? — Nous n'avons point de cabane, reprit le guerrier; si vous voulez nous suivre, nous
campons au bord de la chute.—Je le veux bien, »
répondis-je, et nous partîmes ensemble.

Nous arrivâmes bientôt au bord de la cataracte,
qui s'annonçait par d'affreux mugissements. Elle
est formée par la rivière de Niagara, qui sort du
lac Erié et se jette dans le lac Ontario; sa hauteur
perpendiculaire est de cent quarante-quatre pieds.
Depuis le lac Erié jusqu'au saut, le fleuve accourt
par une pente rapide; et au moment de la chute,
c'est moins un fleuve qu'une mer, dont les torrents se pressent à la bouche béante d'un gouffre.
La cataracte se divise en deux branches, et se
courbe en fer à cheval. Entre les deux chutes
s'avance une île creusée en dessous, qui pend avec
tous ses arbres sur le chaos des ondes. La masse
du fleuve, qui se précipite au midi, s'arrondit en
un vaste cylindre, puis se déroule en nappe de
neige, et brille au soleil de toutes les couleurs.
Celle qui tombe au levant. descend dans une
ombre effrayante ; on dirait une colonne d'eau du
déluge. Mille arcs-en-ciel se courbent et se croisent
sur l'abîme. Frappant le roc ébranlé, l'eau rejail-
lit en tourbillons d'écume qui s'élèvent au-dessus
des forêts comme les fumées d'un vaste embrase-

ment. Des pins, des noyers sauvages, des rochers taillés en forme de fantômes, décorent la scène. Des aigles entraînés par le courant d'air descendent en tournoyant au fond du gouffre ; et des carcajous se suspendent par leurs queues flexibles au bout d'une branche abaissée, pour saisir dans l'abîme les cadavres brisés des élans et des ours.

Tandis qu'avec un plaisir mêlé de terreur je contemplais ce spectacle, l'Indienne et son époux me quittèrent. Je les cherchai en remontant le fleuve au-dessus de la chute, et bientôt je les trouvai dans un endroit convenable à leur deuil. Ils étaient couchés sur l'herbe avec des vieillards, auprès de quelques ossements humains enveloppés dans des peaux de bêtes. Etonné de tout ce que je voyais depuis quelques heures, je m'assis auprès de la jeune mère et je lui dis : « Qu'est-ce que tout ceci, ma sœur ? » Elle me répondit : « Mon frère, c'est la terre de la patrie ; ce sont les cendres de nos aïeux, qui nous suivent dans notre exil. — Et comment, m'écriai-je, avez-vous été réduits à un tel malheur ? » La fille de Céluta repartit : « Nous sommes les restes des Natchez. Après le massacre que les Français firent de notre nation pour venger leurs frères, ceux de nos frères qui échappèrent aux vainqueurs trouvèrent un asile chez les Chikassas nos voisins. Nous y sommes demeurés assez longtemps tranquilles ; mais il y a sept lunes que les blancs de la Virginie se sont emparés de nos terres, en disant qu'elles leur ont été données par un roi d'Europe. Nous avons levé les yeux au ciel, et, chargés des restes de nos aïeux, nous avons pris notre route à travers le désert. Je suis accouchée pendant la marche; et comme mon lait était mauvais, à cause de la douleur, il a fait mourir mon enfant. » En disant cela, la jeune mère essuya ses yeux avec sa chevelure; je pleurais aussi.

Or je dis bientôt : « Ma sœur, adorons le grand Esprit, tout arrive par son ordre. Nous sommes tous voyageurs; nos pères l'ont été avant nous; mais il y a un lieu où nous nous reposerons. Si je ne craignais d'avoir la langue aussi légère que celle d'un blanc, je vous demanderais si vous avez entendu parler de Chactas le Natchez? » A ces mots, l'Indienne me regarda et me dit : « Qui est-ce qui vous a parlé de Chactas le Natchez? » Je répondis. « C'est la sagesse. » L'Indienne reprit : « Je vous dirai ce que je sais, parce que vous avez éloigné les mouches du corps de mon fils, et que vous venez de dire de belles paroles sur le grand Esprit. Je suis la fille de la fille de René l'Européen, que Chactas avait adopté. Chactas, qui avait reçu le baptême, et René mon aïeul si malheureux, ont péri dans le massacre. — L'homme va toujours de douleurs en douleurs, répondis-je en m'inclinant. Vous pourriez donc aussi m'apprendre des nouvelles du père Aubry? — Il n'a pas été plus heureux que Chactas, dit l'Indienne. Les Chéroquois, ennemis des Français, pénétrèrent à sa Mission; ils y furent conduits par le son de la cloche qu'on sonnait pour secourir les voyageurs. Le père Aubry se pouvait sauver; mais il ne voulut pas abandonner ses enfants, et il demeura pour les encourager à mourir par son exemple. Il fut brûlé avec de grandes

tortures; jamais on ne put tirer de lui un cri qui
tournât à la honte de son Dieu, ou au déshonneur
de sa patrie. Il ne cessa, durant le supplice, de
prier pour ses bourreaux et de compatir au sort
des victimes. Pour lui arracher une marque de
faiblesse, les Chéroquois amenèrent à ses pieds
un sauvage chrétien qu'ils avaient horriblement
mutilé. Mais ils furent bien surpris quand ils vi-
rent le jeune homme se jeter à genoux, et baiser
les plaies du vieil ermite qui lui criait : « Mon enfant, nous avons été mis en spectacle aux anges
et aux hommes. » Les Indiens furieux lui plongè-
'rent un fer rouge dans la gorge, pour l'empêcher
de parler. Alors ne pouvant plus consoler les
hommes, il expira.

« On dit que les Chéroquois, tout accoutumés
qu'ils étaient à voir des sauvages souffrir avec
constance, ne purent s'empêcher d'avouer qu'il y
avait, dans l'humble courage du père Aubry,
quelque chose qui leur était inconnu et qui surpassait tous les courages de la terre. Plusieurs
d'entre eux, frappés de cette mort, se sont faits
chrétiens.

« Quelques années après, Chactas, à son retour de la terre des blancs, ayant appris les malheurs du chef de la prière, partit pour aller recueillir ses cendres et celles d'Atala. Il arriva à
l'endroit où était située la Mission, mais il put à
peine le reconnaître. Le lac s'était débordé, et la
savane était changée en un marais; le pont naturel, en s'écroulant, avait enseveli sous ses débris
le tombeau d'Atala et les Bocages de la Mort.
Chactas erra longtemps dans ce lieu; il visita la

grotte du solitaire qu'il trouva remplie de ronces et de framboisiers, et dans laquelle une biche allaitait son faon. Il s'assit sur le rocher de la Veillée de la Mort, où il ne vit que quelques plumes tombées de l'aile de l'oiseau de passage. Tandis qu'il y pleurait, le serpent familier du missionnaire sortit des broussailles voisines, et vint s'entortiller à ses pieds. Chactas réchauffa dans son sein ce fidèle ami, resté seul au milieu de ces ruines. Le fils d'Outalissi a raconté que plusieurs fois, aux approches de la nuit, il avait cru voir les ombres d'Atala et du père Aubry s'élever dans la vapeur du crépuscule. Ces visions le remplirent d'une religieuse frayeur et d'une joie triste.

» Après avoir cherché vainement le tombeau de sa sœur et celui de l'ermite, il était près d'abandonner ces lieux, lorsque la biche de la grotte se mit à bondir devant lui. Elle s'arrêta au pied de la croix de la Mission. Cette croix était alors à moitié entourée d'eau ; son bois était rongé de mousse, et le pélican du désert aimait à se percher sur ses bras vermoulus. Chactas jugea que la biche reconnaissante l'avait conduit au tombeau de son hôte. Il creusa sous la roche qui jadis servait d'autel, et il y trouva les restes d'un homme et d'une femme. Il ne douta point que ce ne fussent ceux du prêtre et de la vierge, que les anges avaient peut-être ensevelis dans ce lieu ; il les enveloppa dans des peaux d'ours, et reprit le chemin de son pays, emportant les précieux restes qui résonnaient sur ses épaules comme le carquois de la Mort. La nuit, il les mettait sous sa tête, et il avait des songes d'amour et de vertu. O étranger! tu peux contempler ici cette poussière avec celle de Chactas lui-même! »

Comme l'Indienne achevait de prononcer ces mots, je me levai; je m'approchai des cendres sacrées, et me prosternai devant elles en silence. Puis m'éloignant à grands pas, je m'écriai : « Ainsi passe sur la terre tout ce qui fut bon, vertueux, sensible! Homme! tu n'es qu'un songe rapide, un rêve douloureux; tu n'existes que par le malheur; tu n'es quelque chose que par la tristesse de ton âme et l'éternelle mélancolie de ta pensée! »

Ces réflexions m'occupèrent toute la nuit. Le lendemain, au point du jour, mes hôtes me quittèrent. Les jeunes guerriers ouvraient la marche, et les épouses la fermaient; les premiers étaient chargés des saintes reliques; les secondes portaient leurs nouveau-nés : les vieillards cheminaient lentement au milieu, placés entre leurs aïeux et leur postérité, entre les souvenirs et l'espérance, entre la patrie perdue et la patrie à venir. Oh! que de larmes sont répandues, lorsqu'on abandonne ainsi la terre natale, lorsque du haut de la colline de l'exil on découvre pour la dernière fois le toit où l'on fut nourri et le fleuve de la cabane, qui continue de couler tristement à travers les champs solitaires de la patrie!

Indiens infortunés, que j'ai vus errer dans les déserts du nouveau monde avec les cendres de vos aïeux, vous qui m'aviez donné l'hospitalité malgré votre misère, je ne pourrais vous la rendre aujourd'hui , car j'erre , ainsi que vous, à la merci des hommes; et moins heureux dans mon exil, je n'ai point emporté les os de mes pères.

FIN D'ATALA.

RENÉ.

En arrivant chez les Natchez, René avait été
obligé de prendre une épouse pour se conformer
aux mœurs des Indiens; mais il ne vivait point
avec elle. Un penchant mélancolique l'entraînait
au fond des bois; il y passait seul des journées
entières, et semblait sauvage parmi des sauvages.
Hors Chactas, son père adoptif, et le père Souël,
missionnaire au fort Rosalie [1], il avait renoncé au
commerce des hommes. Ces deux vieillards avaient
pris beaucoup d'empire sur son cœur : le premier, par une indulgence aimable, l'autre, au
contraire, par une extrême sévérité. Depuis la
chasse du castor, où le sachem aveugle raconta
ses aventures à René, celui-ci n'avait jamais voulu
parler des siennes. Cependant Chactas et le missionnaire désiraient vivement connaître par quel
malheur un Européen bien né avait été conduit à
l'étrange résolution de s'ensevelir dans les déserts

[1] Colonie française aux Natchez.

de la Louisiane. René avait toujours donné pour motif de ses refus le peu d'intérêt de son histoire qui se bornait, disait-il, à celle de ses pensées et de ses sentiments. « Quant à l'événement qui m'a déterminé à passer en Amérique, ajoutait-il, je le dois ensevelir dans un éternel oubli. »

Quelques années s'écoulèrent de la sorte, sans que les deux vieillards lui pussent arracher son secret. Une lettre qu'il reçut d'Europe, par le bureau des Missions étrangères, redoubla tellement sa tristesse, qu'il fuyait jusqu'à ses vieux amis. Ils n'en furent que plus ardents à le presser de leur ouvrir son cœur; ils y mirent tant de discrétion, de douceur et d'autorité, qu'il fut enfin obligé de les satisfaire. Il prit donc jour avec eux, pour leur raconter, non les aventures de sa vie, puisqu'il n'en avait point éprouvé, mais les sentiments secrets de son âme.

Le 21 de ce mois que les sauvages appellent *la lune des fleurs*, René se rendit à la cabane de Chactas. Il donna le bras au sachem, et le conduisit sous un sassafras, au bord du Meschacébé. Le père Souël ne tarda pas à arriver au rendez-vous. L'aurore se levait : à quelque distance dans la plaine, on apercevait le village des Natchez, avec son bocage de mûriers, et ses cabanes qui ressemblent à des ruches d'abeilles. La colonie française et le fort Rosalie se montraient sur la droite, au bord du fleuve. Des tentes, des maisons à moitié bâties, des forteresses commencées, des défrichements couverts de nègres, des groupes de blancs et d'Indiens présentaient, dans ce petit espace, le contraste des mœurs sociales et des

mœurs sauvages. Vers l'orient, au fond de la perspective, le soleil commençait à paraître entre les
sommets brisés des Apalaches, qui se dessinaient
comme des caractères d'azur, dans les hauteurs
dorées du ciel; à l'occident, le Meschacébé roulait
ses ondes dans un silence magnifique, et formait
la bordure du tableau avec une inconcevable grandeur.

Le jeune homme et le missionnaire admirèrent
quelque temps cette belle scène, en plaignant le
sachem qui ne pouvait plus en jouir; ensuite le
père Souël et Chactas s'assirent sur le gazon, au
pied de l'arbre; René prit sa place au milieu
d'eux; et après un moment de silence, il parla
de la sorte à ses vieux amis :

« Je ne puis, en commençant mon récit, me
défendre d'un mouvement de honte. La paix de
vos cœurs, respectables vieillards, et le calme de
la nature autour de moi, me font rougir du trouble et de l'agitation de mon âme.

Combien vous aurez pitié de moi! Que mes
éternelles inquiétudes vous paraîtront misérables !
Vous qui avez épuisé tous les chagrins de la vie,
que penserez-vous d'un jeune homme sans force
et sans vertu, qui trouve en lui-même son tourment, et ne peut guère se plaindre que des maux
qu'il se fait à lui-même? Hélas! ne le condamnez
pas; il a été trop puni !

J'ai coûté la vie à ma mère en venant au monde;
j'ai été tiré de son sein avec le fer. J'avais un
frère que mon père bénit, parce qu'il voyait en lui
son fils aîné. Pour moi, livré de bonne heure à des
mains étrangères, je fus élevé loin du toit paternel.

Mon humeur était impétueuse, mon caractère inégal. Tour à tour bruyant et joyeux, silencieux et triste, je rassemblais autour de moi mes jeunes compagnons; puis, les abandonnant tout à coup, j'allais m'asseoir à l'écart pour contempler la nue fugitive, ou entendre la pluie tomber sur le feuillage.

Chaque automne, je revenais au château paternel, situé au milieu des forêts, près d'un lac, dans une province reculée.

Timide et contraint devant mon père, je ne trouvais l'aise et le contentement qu'auprès de ma sœur Amélie. Une douce conformité d'humeur et de goûts m'unissait étroitement à cette sœur; elle était un peu plus âgée que moi. Nous aimions à gravir les coteaux ensemble, à voguer sur le lac, à parcourir les bois à la chute des feuilles : promenades dont le souvenir remplit encore mon âme de délices. O illusions de l'enfance et de la patrie ! ne perdez-vous jamais vos douceurs?

Tantôt nous marchions en silence, prêtant l'oreille au sourd mugissement de l'automne, ou au bruit des feuilles séchées que nous traînions tristement sous nos pas; tantôt, dans nos jeux innocents, nous poursuivions l'hirondelle dans la prairie, l'arc-en-ciel sur les collines pluvieuses; quelquefois aussi nous murmurions des vers que nous inspirait le spectacle de la nature. Jeune, je cultivais les muses; il n'y a rien de plus poétique, dans la fraîcheur de ses passions, qu'un cœur de seize années. Le matin de la vie est comme le matin du jour, plein de pureté, d'images et d'harmonies.

Les dimanches et les jours de fête, j'ai souvent entendu, dans le grand bois, à travers les arbres, les sons de la cloche lointaine qui appelait au temple l'homme des champs. Appuyé contre le tronc d'un ormeau, j'écoutais en silence le pieux murmure. Chaque frémissement de l'airain portait à mon âme naïve l'innocence des mœurs champêtres, le calme de la solitude, le charme de la religion, et la délectable mélancolie des souvenirs de ma première enfance. Oh! quel cœur si mal fait n'a tressailli au bruit des cloches de son lieu natal, de ces cloches qui frémirent de joie sur son berceau, qui annoncèrent son avénement à la vie, qui marquèrent le premier battement de son cœur, qui publièrent dans tous les lieux d'alentour la sainte allégresse de son père, les douleurs et les joies encore plus ineffables de sa mère! Tout se trouve dans les rêveries enchantées où nous plonge le bruit de la cloche natale : religion, famille, patrie, et le berceau et la tombe, et le passé et l'avenir.

Il est vrai qu'Amélie et moi nous jouissions plus que personne de ces idées graves et tendres, car nous avions tous les deux un peu de tristesse au fond du cœur : nous tenions cela de Dieu ou de notre mère.

Cependant mon père fut atteint d'une maladie qui le conduisit en peu de jours au tombeau. Il expira dans mes bras. J'appris à connaître la mort sur les lèvres de celui qui m'avait donné la vie. Cette impression fut grande; elle dure encore. C'est la première fois que l'immortalité de l'âme s'est présentée clairement à mes yeux. Je ne pus

croire que ce corps inanimé était en moi l'auteur
de la pensée; je sentis qu'elle me devait venir
d'une autre source; et, dans une sainte douleur
qui approchait de la joie, j'espérai me rejoindre
un jour à l'esprit de mon père.

Un autre phénomène me confirma dans cette
haute idée. Les traits paternels avaient pris au
cercueil quelque chose de sublime. Pourquoi cet
étonnant mystère ne serait-il pas l'indice de notre
immortalité? Pourquoi la mort, qui sait tout,
n'aurait-elle pas gravé sur le front de sa victime
les secrets d'un autre univers? Pourquoi n'y aurait-il pas dans la tombe quelque grande vision
de l'éternité?

Amélie, accablée de douleur, était retirée au
fond d'une tour, d'où elle entendit retentir, sous
les voûtes du château gothique, le chant des prêtres du convoi, et les sons de la cloche funèbre.

J'accompagnai mon père à son dernier asile; la
terre se referma sur sa dépouille; l'éternité et
l'oubli le pressèrent de tout leur poids : le soir
même l'indifférent passait sur sa tombe; hors
pour sa fille et pour son fils, c'était déjà comme
s'il n'avait jamais été.

Il fallut quitter le toit paternel, devenu l'héritage de mon frère : je me retirai avec Amélie
chez de vieux parents.

Arrêté à l'entrée des voies trompeuses de la
vie, je les considérais l'une après l'autre sans m'y
oser engager. Amélie m'entretenait souvent du
bonheur de la vie religieuse; elle me disait que
j'étais le seul lien qui la retînt dans le monde, et
ses yeux s'attachaient sur moi avec tristesse.

Le cœur ému par ces conversations pieuses, je portais souvent mes pas vers un monastère voisin de mon nouveau séjour; un moment même j'eus la tentation d'y cacher ma vie. Heureux ceux qui ont fini leur voyage sans avoir quitté le port, et qui n'ont point, comme moi, traîné d'inutiles jours sur la terre!

Les Européens, incessamment agités, sont obligés de se bâtir des solitudes. Plus notre cœur est tumultueux et bruyant, plus le calme et le silence nous attirent. Ces hospices de mon pays, ouverts aux malheureux et aux faibles, sont souvent cachés dans des vallons qui portent au cœur le vague sentiment de l'infortune et l'espérance d'un abri; quelquefois aussi on les découvre sur de hauts sites où l'âme religieuse, comme une plante des montagnes, semble s'élever vers le ciel pour lui offrir ses parfums.

Je vois encore le mélange majestueux des eaux et des bois de cette antique abbaye où je pensai dérober ma vie aux caprices du sort; j'erre encore au déclin du jour dans ces cloîtres retentissants et solitaires. Lorsque la lune éclairait à demi les piliers des arcades, et dessinait leur ombre sur le mur opposé, je m'arrêtais à contempler la croix qui marquait le champ de la mort, et les longues herbes qui croissaient entre les pierres des tombes. O hommes, qui ayant vécu loin du monde, avez passé du silence de la vie au silence de la mort, de quel dégoût de la terre vos tombeaux ne remplissaient-ils point mon cœur!

Soit inconstance naturelle, soit préjugé contre la vie monastique, je changeai mes desseins; je me résolus à voyager. Je dis adieu à ma sœur ; elle me serra dans ses bras avec un mouvement qui ressemblait à de la joie, comme si elle eût été heureuse de me quitter ; je ne pus me défendre d'une réflexion amère sur l'inconséquence des amitiés humaines.

Cependant, plein d'ardeur, je m'élançai seul sur cet orageux océan du monde, dont je ne connaissais ni les ports, ni les écueils. Je visitai d'abord les peuples qui ne sont plus : je m'en allai m'asseyant sur les débris de Rome et de la Grèce, pays de forte et d'ingénieuse mémoire, où les palais sont ensevelis dans la poudre et les mausolées des rois cachés sous les ronces. Force de la nature, et faiblesse de l'homme ! un brin d'herbe perce souvent le marbre le plus dur de ces tombeaux, que tous ces morts, si puissants, ne soulèveront jamais !

Quelquefois une haute colonne se montrait seule debout dans un désert, comme une grande pensée s'élève, par intervalles, dans une âme que le temps et le malheur ont dévastée.

Je méditai sur ces monuments dans tous les accidents et à toutes les heures de la journée. Tantôt ce même soleil qui avait vu jeter les fondements de ces cités se couchait majestueusement, à mes yeux, sur leurs ruines ; tantôt la lune se levant dans un ciel pur, entre deux urnes cinéraires à moitié brisées, me montrait les pâles tombeaux. Souvent aux rayons de cet astre qui alimente les rêveries, j'ai cru voir le génie des souvenirs, assis tout pensif à mes côtés.

Mais je me lassai de fouiller dans des cercueils,

où je ne remuais trop souvent qu'une poussière criminelle.

Je voulus voir si les races vivantes m'offriraient plus de vertus ou moins de malheurs que les races évanouies. Comme je me promenais un jour dans une grande cité, en passant derrière un palais, dans une cour retirée et déserte, j'aperçus une statue qui indiquait du doigt un lieu fameux par un sacrifice [1]. Je fus frappé du silence de ces lieux; le vent seul gémissait autour du marbre tragique. Des manœuvres étaient couchés avec indifférence au pied de la statue, ou taillaient des pierres en sifflant. Je leur demandai ce que signifiait ce monument : les uns purent à peine me le dire, les autres ignoraient la catastrophe qu'il retraçait. Rien ne m'a plus donné la juste mesure des événements de la vie, et du peu que nous sommes. Que sont devenus ces personnages qui firent tant de bruit? Le temps a fait un pas, et la face de la terre a été renouvelée.

Je recherchai surtout dans mes voyages les artistes et ces hommes divins qui chantent les dieux sur la lyre, et la félicité des peuples qui honorent les lois, la religion et les tombeaux.

Ces chantres sont de race divine, ils possèdent le seul talent incontestable dont le ciel ait fait présent à la terre. Leur vie est à la fois naïve et sublime; ils célèbrent les dieux avec une bouche d'or, et sont les plus simples des hommes ; ils causent comme des immortels ou comme de petits enfants; ils expliquent les lois de l'univers, et

[1] A Londres, derrière Whitehall, la statue de Charles II.

ne peuvent comprendre les affaires les plus innocentes de la vie ; ils ont des idées merveilleuses de
la mort, et meurent sans s'en apercevoir, comme
des nouveau-nés.

Sur les monts de la Calédonie, le dernier barde
qu'on ait ouï dans ces déserts me chanta les poë-
mes dont un héros consolait jadis sa vieillesse.
Nous étions assis sur quatre pierres rongées de
mousse ; un torrent coulait à nos pieds ; le chevreuil passait à quelque distance parmi les débris
d'une tour, et le vent des mers sifflait sur la
bruyère de Cona. Maintenant la religion chrétienne, fille aussi des hautes montagnes, a placé
des croix sur les monuments des héros de Morven, et touché la harpe de David, au bord du
même torrent où Ossian fit gémir la sienne. Aussi
pacifique que les divinités de Selma étaient guer-
rières, elle garde des troupeaux où Fingal livrait
des combats, et elle a répandu des anges de paix
dans les nuages qu'habitaient des fantômes homi-
cides.

L'ancienne et riante Italie m'offrit la foule de
ses chefs-d'œuvre. Avec quelle sainte et poétique
horreur j'errais dans ces vastes édifices consacrés
par les arts à la religion ! Quel labyrinthe de colonnes ! Quelle succession d'arches et de voûtes !
Qu'ils sont beaux ces bruits qu'on entend autour
des dômes, semblables aux rumeurs des flots
dans l'Océan, aux murmures des vents dans les
forêts, ou à la voix de Dieu dans son temple ! L'ar-
chitecte bâtit, pour ainsi dire, les idées du poète,
et les fait toucher aux sens.

Cependant qu'avais-je appris jusqu'alors avec

tant de fatigue? Rien de certain parmi les anciens; rien de beau parmi les modernes. Le passé et le présent sont deux statues incomplètes : l'une a été retirée toute mutilée du débris des âges ; l'autre n'a pas encore reçu sa perfection de l'avenir.

Mais peut-être, mes vieux amis, vous surtout, habitants du désert, êtes-vous étonnés que, dans ce récit de mes voyages, je ne vous aie pas une seule fois entretenus des monuments de la nature?

Un jour j'étais monté au sommet de l'Etna, volcan qui brûle au milieu d'une île. Je vis le soleil se lever dans l'immensité de l'horizon au-dessous de moi, la Sicile resserrée comme un point à mes pieds, et la mer déroulée au loin dans les espaces. Dans cette vue perpendiculaire du tableau, les fleuves ne semblaient plus que des lignes géographiques tracées sur une carte ; mais tandis que d'un côté mon œil apercevait ces objets, de l'autre il plongeait dans le cratère de l'Etna, dont je découvrais les entrailles brûlantes, entre les bouffées d'une noire vapeur.

Un jeune homme plein de passions, assis sur la bouche d'un volcan, en pleurant sur les mortels dont à peine il voyait à ses pieds les demeures, n'est sans doute, ô vieillards ! qu'un objet digne de votre pitié ; mais quoi que vous puissiez penser de René, ce tableau vous offre l'image de son caractère et de son existence : c'est ainsi que toute ma vie j'ai eu devant les yeux une création à la fois immense et imperceptible, et un abîme ouvert à mes côtés. »

En prononçant ces derniers mots, René se tut

et tomba subitement dans la rêverie. Le père
Souël le regardait avec étonnement; et le vieux
sachem aveugle, qui n'entendait plus parler le
jeune homme, ne savait que penser de ce silence.

René avait les yeux attachés sur un groupe
d'Indiens qui passaient gaiement dans la plaine.
Tout à coup sa physionomie s'attendrit, des larmes
coulent de ses yeux, il s'écrie :

« Heureux sauvages! Oh! que ne puis-je jouir
de la paix qui vous accompagne toujours! Tandis
qu'avec si peu de fruit je parcourais tant de contrées, vous, assis tranquillement sous vos chênes,
vous laissiez couler les jours sans les compter.
Votre raison n'était que vos besoins, et vous ar-
riviez, mieux que moi, au résultat de la sagesse,
comme l'enfant, entre les jeux et le sommeil. Si
cette mélancolie qui s'engendre de l'excès du bonheur atteignait quelquefois votre âme, bientôt
vous sortiez de cette tristesse passagère, et votre
regard levé vers le ciel cherchait avec attendrissement ce je ne sais quoi inconnu qui prend pitié
du pauvre sauvage. »

Ici la voix de René expira de nouveau, et le jeune
homme pencha la tête sur sa poitrine. Chactas,
étendant le bras dans l'ombre, et prenant le bras
de son fils, lui cria d'un ton ému : « Mon fils! mon
cher fils! » A ces accents, le frère d'Amélie reve-
nant à lui, et rougissant de son trouble, pria son
père de lui pardonner.

Alors le vieux sauvage lui dit : « Mon jeune
ami, les mouvements d'un cœur comme le tien
ne sauraient être égaux; modère seulement ce
caractère qui t'a déjà fait tant de mal. Si tu souf-

fres plus qu'un autre des choses de la vie, il ne
faut pas t'en étonner ; une grande âme doit con-
tenir plus de douleurs qu'une petite. Continue ton
récit. Tu nous as fait parcourir une partie de l'Europe, fais-nous connaître ta patrie. Tu sais que
j'ai vu la France, et quels liens m'y ont attaché ;
j'aimerais à entendre parler de ce grand chef[1]
qui n'est plus, et dont j'ai visité la superbe cabane. Mon enfant, je ne vis plus que pár la mémoire. Un vieillard avec ses souvenirs ressemble
au chêne décrépit de nos bois : ce chêne ne se
décore plus de son propre feuillage, mais il couvre quelquefois sa nudité des plantes étrangères
qui ont végété sur ses antiques rameaux. »

Le frère d'Amélie, calmé par ces paroles, reprit
ainsi l'histoire de son cœur :

« Hélas ! mon père, je ne pourrai t'entretenir
de ce grand siècle dont je n'ai vu que la fin dans
mon enfance, et qui n'était plus lorsque je rentrai
dans ma patrie. Jamais un changement plus étonnant et plus soudain ne s'est opéré chez un peuple. De la hauteur du génie, du respect pour la
religion, de la gravité des mœurs, tout était subitement descendu à la souplesse de l'esprit, à l'im-
piété, à la corruption.

C'était donc bien vainement que j'avais espéré
retrouver dans mon pays de quoi calmer cette in-
quiétude, cette ardeur de désir qui me suit partout. L'étude du monde ne m'avait rien appris,
et pourtant je n'avais plus la douceur de l'ignorance.

_____

[1] Louis XIV.

Ma sœur, par une conduite inexplicable, semblait se plaire à augmenter mon ennui ; elle avait
quitté Paris quelques jours avant mon arrivée. Je
lui écrivis que je comptais l'aller rejoindre ; elle
se hâta de me répondre pour me détourner de ce
projet, sous prétexte qu'elle était incertaine du
lieu où l'appelleraient ses affaires. Quelles tristes
réflexions ne fis-je point alors sur l'amitié, que la
présence attiédit, que l'absence efface, qui ne résiste
point au malheur, et encore moins à la prospérité!

Je me trouvai bientôt plus isolé dans ma patrie
que je ne l'avais été sur une terre étrangère. Je
voulus me jeter pendant quelque temps dans un
monde qui ne me disait rien et qui ne m'entendait
pas. Mon âme, qu'aucune passion n'avait encore
usée, cherchait un objet qui pût l'attacher ; mais
je m'aperçus que je donnais plus que je ne rece-
vais. Ce n'était ni un langage élevé, ni un sentiment profond qu'on demandait de moi. Je n'étais
occupé qu'à rapetisser ma vie, pour la mettre au
niveau de la société. Traité partout d'esprit roma-
nesque, honteux du rôle que je jouais, dégoûté de
plus en plus des choses et des hommes, je pris le
parti de me retirer dans un faubourg pour y vivre
totalement ignoré.

Je trouvai d'abord assez de plaisir dans cette
vie obscure et indépendante. Inconnu, je me mê-
lais à la foule, vaste désert d'hommes !

Souvent assis dans une église peu fréquentée,
je passais des heures entières en méditation. Je
voyais de pauvres femmes venir se prosterner devant le Très-Haut, ou des pêcheurs s'agenouiller
au tribunal de la pénitence. Nul ne sortait de ces

lieux sans un visage plus serein, et les sourdes
clameurs qu'on entendait au dehors semblaient
être les flots des passions et les orages du monde,
qui venaient expirer au pied du temple du Seigneur. Grand Dieu, qui vis en secret couler mes
larmes dans ces retraites sacrées, tu sais combien
de fois je me jetai à tes pieds, pour te supplier de
me décharger du poids de l'existence, ou de changer en moi le vieil homme! Ah! qui n'a senti
quelquefois le besoin de se régénérer, de se ra-
jeunir aux eaux du torrent, de retremper son
âme à la fontaine de vie? Qui ne se trouve quelquefois accablé du fardeau de sa propre corruption, et incapable de rien faire de grand, de noble, de juste?

Quand le soir était venu, reprenant le chemin
de ma retraite, je m'arrêtais sur les ponts pour
voir se coucher le soleil. L'astre, enflammant les
vapeurs de la cité, semblait osciller lentement
dans un fluide d'or, comme le pendule de l'hor-
loge des siècles. Je me retirais ensuite avec la
nuit, à travers un labyrinthe de rues solitaires.
En regardant les lumières qui brillaient dans la
demeure des hommes, je me transportais par la
pensée au milieu des scènes de douleur et de joie
qu'elles éclairaient, et je songeais que sous tant
de toits habités je n'avais pas un ami. Au milieu
de mes réflexions, l'heure venait frapper à coups
mesurés dans la tour de la cathédrale gothique ;
elle allait se répétant sur tous les tons et à toutes
les distances d'église en église. Hélas! chaque
heure dans la société ouvre un tombeau, et fait
couler des larmes.

Cette vie, qui m'avait d'abord enchanté, ne tarda pas à me devenir insupportable. Je me fatiguai de la répétition des mêmes scènes et des mêmes idées. Je me mis à sonder mon cœur, à me demander ce que je désirais. Je ne le savais pas; mais je crus tout à coup que les bois me seraient délicieux. Me voilà soudain résolu d'achever, dans un exil champêtre, une carrière à peine commencée, et dans laquelle j'avais déjà dévoré des siècles.

J'embrassai ce projet avec l'ardeur que je mets à tous mes desseins; je partis précipitamment pour m'ensevelir dans une chaumière, comme j'étais parti autrefois pour faire le tour du monde.

On m'accuse d'avoir des goûts inconstants, de ne pouvoir jouir longtemps de la même chimère, d'être la proie d'une imagination qui se hâte d'arriver au fond de mes plaisirs, comme si elle était accablée de leur durée; on m'accuse de passer toujours le but que je puis atteindre : hélas ! je cherche seulement un bien inconnu, dont l'instinct me poursuit. Est-ce ma faute, si je trouve partout les bornes, si ce qui est fini n'a pour moi aucune valeur ? Cependant je sens que j'aime la monotonie des sentiments de la vie, et si j'avais encore la folie de croire au bonheur, je le chercherais dans l'habitude.

La solitude absolue, le spectacle de la nature, me plongèrent bientôt dans un état presque impossible à décrire. Sans parents, sans amis, pour ainsi dire seul sur la terre, n'ayant point encore aimé, j'étais accablé d'une surabondance de vie.

Quelquefois je rougissais subitement, et je sentais couler dans mon cœur comme des ruisseaux d'une lave ardente ; quelquefois je poussais des cris involontaires, et la nuit était également troublée de mes songes et de mes veilles. Il me manquait quelque chose pour remplir l'abîme de mon existence : je descendais dans la vallée, je m'élevais sur la montagne, appelant de toute la force de mes désirs l'idéal objet d'une flamme future ; je l'embrassais dans les vents ; je croyais l'entendre dans les gémissements du fleuve ; tout était ce fantôme imaginaire, et les astres dans les cieux, et le principe même de vie dans l'univers.

Toutefois cet état de calme et de trouble, d'indigence et de richesse, n'était pas sans quelques charmes. Un jour je m'étais amusé à effeuiller une branche de saule sur un ruisseau, et à attacher une idée à chaque feuille que le courant entraînait. Un roi qui craint de perdre sa couronne par une révolution subite ne ressent pas des angoisses plus vives que les miennes, à chaque accident qui menaçait les débris de mon rameau. O faiblesse des mortels ! ô enfance du cœur humain qui ne vieillit jamais ! Voilà donc à quel degré de puérilité notre superbe raison peut descendre ! Et encore est-il vrai que bien des hommes attachent leur destinée à des choses d'aussi peu de valeur que mes feuilles de saule.

Mais comment exprimer cette foule de sensations fugitives que j'éprouvais dans mes promenades ? Les sons que rendent les passions dans le vide d'un cœur solitaire ressemblent au murmure que les vents et les eaux font entendre dans le si-

lence d'un désert : on en jouit, mais on ne peut
les peindre.

L'automne me surprit au milieu de ces incerti-
tudes : j'entrai avec ravissement dans les mois des
tempêtes. Tantôt j'aurais voulu être un de ces
guerriers errant au milieu des vents, des nuages
et des fantômes ; tantôt j'enviais jusqu'au sort du
pâtre que je voyais réchauffer ses mains à l'humble feu de broussailles qu'il avait allumé au coin
d'un bois. J'écoutais ses chants mélancoliques,
qui me rappelaient que dans tous pays le chant
naturel de l'homme est triste, lors même qu'il
exprime le bonheur. Notre cœur est un instrument incomplet, une lyre où il manque des cordes, et où nous sommes forcés de rendre les accents de la joie sur le ton consacré aux soupirs.

Le jour, je m'égarais sur de grandes bruyères
terminées par des forêts. Qu'il fallait peu de chose
à ma rêverie ! Une feuille séchée que le vent chas-
sait devant moi, une cabane dont la fumée s'élevait dans la cime dépouillée des arbres, la mousse
qui tremblait au souffle du nord sur le tronc d'un
chêne, une roche écartée, un étang désert où le
jonc flétri murmurait ! Le clocher solitaire s'élevant au loin dans la vallée a souvent attiré mes
regards ; souvent j'ai suivi des yeux les oiseaux de
passage qui volaient au-dessus de ma tête. Je me
figurais les bords ignorés, les climats lointains où
ils se rendent ; j'aurais voulu être sur leurs ailes.
Un secret instinct me tourmentait ; je sentais que
je n'étais moi-même qu'un voyageur ; mais une
voix du ciel semblait me dire : « Homme, la sai-
son de ta migration n'est pas encore venue ; at-

tends que le vent de la mort se lève, alors tu déploieras ton vol vers ces régions inconnues que ton cœur demande. »

Levez-vous vite, orages désirés, qui devez emporter René dans les espaces d'une autre vie ! Ainsi disant, je marchais à grands pas, le visage enflammé, le vent sifflant dans ma chevelure, ne sentant ni pluie ni frimas, enchanté, tourmenté, et comme possédé par le démon de mon cœur.

La nuit, lorsque l'aquilon ébranlait ma chaumière, que les pluies tombaient en torrent sur mon toit, qu'à travers ma fenêtre je voyais la lune sillonner les nuages amoncelés, comme un pâle vaisseau qui laboure les vagues, il me semblait que la vie redoublait au fond de mon cœur, que j'aurais eu la puissance de créer des mondes. Ah ! si j'avais pu faire partager à une autre les transports que j'éprouvais ! O Dieu ! si tu m'avais donné une femme selon mes désirs ; si, comme à notre premier père, tu m'eusses amené par la main une Eve tirée de moi-même... Beauté céleste, je me serais prosterné devant toi, puis te prenant dans mes bras, j'aurais prié l'Eternel de te donner le reste de ma vie.

Hélas ! j'étais seul, seul sur la terre ! Une langueur secrète s'emparait de mon corps. Ce dégoût de la vie que j'avais ressenti dès mon enfance revenait avec une force nouvelle. Bientôt mon cœur ne fournit plus d'aliment à ma pensée, et je ne m'apercevais de mon existence que par un profond sentiment d'ennui.

Je luttai quelque temps contre mon mal, mais avec indifférence et sans avoir la ferme résolution de le vaincre. Enfin, ne pouvant trouver de remède à cette étrange blessure de mon cœur, qui n'était nulle part et qui était partout, je résolus de quitter la vie.

Prêtre du Très-Haut, qui m'entendez, pardonnez à un malheureux que le ciel avait presque privé de la raison. J'étais plein de religion, et je raisonnais en impie; mon cœur aimait Dieu, et mon esprit le méconnaissait; ma conduite, mes discours, mes sentiments, mes pensées, n'étaient que contradiction, ténèbres, mensonges. Mais l'homme sait-il bien toujours ce qu'il veut, est-il toujours sûr de ce qu'il pense?

Tout m'échappait à la fois : l'amitié, le monde, la retraite. J'avais essayé de tout, et tout m'avait été fatal. Repoussé par la société, abandonné d'Amélie, quand la solitude vint à me manquer, que restait-il? C'était la dernière planche sur laquelle j'avais espéré de me sauver, et je la sentais encore s'enfoncer dans l'abîme !

Décidé que j'étais à me débarrasser du poids de la vie, je résolus de mettre toute ma raison dans cet acte insensé. Rien ne me pressait; je ne fixai point le moment du départ afin de savourer à longs traits les derniers moments de l'existence, et de recueillir toutes mes forces, à l'exemple d'un ancien, pour sentir mon âme s'échapper.

Cependant je crus nécessaire de prendre des arrangements concernant ma fortune, et je fus obligé d'écrire à Amélie. Il m'échappa quelques plaintes sur son oubli, et je laissai sans doute percer l'attendrissement qui surmontait peu à peu mon cœur. Je m'imaginais pourtant avoir bien dissimulé mon secret ; mais ma sœur, accoutumée à lire dans les replis de mon âme, le devina sans peine. Elle fut alarmée du ton de contrainte qui régnait dans ma lettre, et de mes questions sur des affaires dont je ne m'étais jamais occupé. Au lieu de me répondre, elle me vint tout à coup surprendre.

Pour bien sentir quelle dut être dans la suite l'amertume de ma douleur, et quels furent mes premiers transports en revoyant Amélie, il faut vous figurer que c'était la seule personne au monde que j'eusse aimée, que tous mes sentiments se venaient confondre en elle avec la douceur des souvenirs de mon enfance. Je reçus donc Amélie dans une sorte d'extase de cœur. Il y avait si longtemps que je n'avais trouvé quelqu'un qui m'entendît, et devant qui je pusse ouvrir mon âme !

Amélie, se jetant dans mes bras, me dit : « Ingrat, tu veux mourir, et ta sœur existe ! Tu soupçonnes son cœur ! Ne t'explique point, ne t'excuse point, je sais tout ; j'ai tout compris, comme si j'avais été avec toi. Est-ce moi que l'on trompe, moi qui ai vu naître tes premiers sentiments ? Voilà ton malheureux caractère, tes dégoûts, tes injustices. Jure, tandis que je te presse sur mon cœur, jure que c'est la dernière fois que tu te livreras à tes folies ; fais le serment de ne jamais attenter à tes jours. »

En prononçant ces mots, Amélie me regardait avec compassion et tendresse, et couvrait mon front de ses baisers ; c'était presque une mère, c'était quelque chose de plus tendre. Hélas ! mon

cœur se rouvrit à toutes les joies ; comme un enfant, je ne demandais qu'à être consolé. Je cédai à l'empire d'Amélie ; elle exigea un serment
solennel ; je le fis sans hésiter, ne soupçonnant
même pas que désormais je pusse être malheureux.

Nous fûmes plus d'un mois à nous accoutumer
à l'enchantement d'être ensemble. Quand le matin, au lieu de me trouver seul, j'entendais la voix
de ma sœur, j'éprouvais un tressaillement de joie
et de bonheur. Amélie avait reçu de la nature
quelque chose de divin ; son âme avait les mêmes
grâces innocentes que son corps ; la douceur de
ses sentiments était infinie ; il n'y avait rien que
de suave et d'un peu rêveur dans son esprit ; on
eût dit que son cœur, sa pensée et sa voix soupi-
raient comme de concert ; elle tenait de la femme
la timidité et l'amour, et de l'ange la pureté et la
mélodie.

Le moment était venu où j'allais expier toutes
mes inconséquences. Dans mon délire j'avais été
jusqu'à désirer d'éprouver un malheur, pour
avoir du moins un objet réel de souffrance : épouvantable souhait que Dieu, dans sa colère, a trop
exaucé !

Que vais-je vous révéler, ô mes amis ! voyez les
pleurs qui coulent de mes yeux. Puis-je même...
Il y a quelques jours, rien n'aurait pu m'arracher
ce secret... A présent tout est fini !

Toutefois, ô vieillards ! que cette histoire soit à
jamais ensevelie dans le silence : souvenez-vous
qu'elle n'a été racontée que sous l'arbre du désert.

L'hiver finissait, lorsque je m'aperçus qu'Amélie perdait le repos et la santé qu'elle commençait à me rendre. Elle maigrissait ; ses yeux se creusaient, sa démarche était languissante, et sa voix troublée. Un jour, je la surpris tout en larmes au pied d'un crucifix. Le monde, la solitude, mon absence, ma présence, la nuit, le jour, tout l'alarmait. D'involontaires soupirs venaient expirer sur ses lèvres ; tantôt elle soutenait, sans se fatiguer, une longue course ; tantôt elle se traînait à peine ; elle prenait et laissait son ouvrage, ouvrait un livre sans pouvoir lire, commençait une phrase qu'elle n'achevait pas, fondait tout à coup en pleurs, et se retirait pour prier.

En vain je cherchais à découvrir son secret. Quand je l'interrogeais, en la pressant dans mes bras, elle me répondait, avec un sourire, qu'elle était comme moi, qu'elle ne savait pas ce qu'elle avait.

Trois mois se passèrent de la sorte, et son état devenait pire chaque jour. Une correspondance mystérieuse me semblait être la cause de ses larmes ; car elle paraissait ou plus tranquille ou plus émue, selon les lettres qu'elle recevait. Enfin, un matin, l'heure à laquelle nous déjeunions ensemble étant passée, je monte à son appartement ; je frappe ; on ne me répond point ; j'entr'ouvre la porte, il n'y avait personne dans la chambre. J'aperçois sur la cheminée un paquet à mon adresse. Je le saisis en tremblant, je l'ouvre, et je lis cette lettre, que je conserve pour m'ôter à l'avenir tout mouvement de joie.

A RENÉ.

« Le ciel m'est témoin, mon frère, que je donnerais mille fois ma vie pour vous épargner un moment de peine ; mais, infortunée que je suis, je ne puis rien pour votre bonheur. Vous me pardonnerez donc de m'être dérobée de chez vous comme une coupable ; je n'aurais pu résister à vos prières, et cependant il fallait partir... Mon Dieu, ayez pitié de moi !

» Vous savez, René, que j'ai toujours eu du penchant pour la vie religieuse : il est temps que je mette à profit les avertissements du ciel. Pourquoi ai-je attendu si tard ? Dieu m'en punit. J'étais restée pour vous dans le monde... Pardonnez, je suis troublée par le chagrin que j'ai de vous quitter.

» C'est à présent, mon cher frère, que je sens bien la nécessité de ces asiles, contre lesquels je vous ai vu souvent vous élever. Il est des malheurs qui nous séparent pour toujours des hommes ; que deviendraient alors de pauvres infortunées ?... Je suis persuadée que vous-même, mon frère, vous trouveriez le repos dans ces retraites de la religion : la terre n'offre rien qui soit digne de vous.

» Je ne vous rappellerai point votre serment ; je connais la fidélité de votre parole. Vous l'avez juré, vous vivrez pour moi. Y a-t-il rien de plus misérable que de songer sans cesse à quitter la vie ? Pour un homme de votre caractère, il est si aisé de mourir ? Croyez-en votre sœur, il est plus difficile de vivre.

» Mais, mon frère, sortez au plus vite de la solitude, qui ne vous est pas bonne; cherchez quelque occupation. Je sais que vous riez amèrement de cette nécessité où l'on est en France de *prendre un état*. Ne méprisez pas tant l'expérience et la sagesse de nos pères. Il vaut mieux, mon cher René, ressembler un peu plus au commun des hommes, et avoir un peu moins de malheur.

» Peut-être trouveriez-vous dans le mariage un soulagement à vos ennuis Une femme, des enfants occuperaient vos jours. Et quelle est la femme qui ne chercherait pas à vous rendre heureux? L'ardeur de votre âme, la beauté de votre génie, votre air noble et passionné, ce regard fier et tendre, tout vous assurerait de son amour et de sa fidélité. Ah! avec quelles délices ne te presserait-elle pas dans ses bras et sur son cœur! Comme tous ses regards, toutes ses pensées seraient attachés sur toi pour prévenir tes moindres peines! Elle serait tout amour, tout innocence devant toi; tu croirais retrouver une sœur.

» Je pars pour le couvent de ***. Ce monastère, bâti au bord de la mer, convient à la situation de mon âme. La nuit, du fond de ma cellule, j'entendrai le murmure des flots qui baignent les murs du couvent; je songerai à ces promenades que je faisais avec vous, au milieu des bois, alors que nous croyions retrouver le bruit des mers dans la cime agitée des pins. Aimable compagnon de mon enfance, est-ce que je ne vous verrai plus? A peine plus âgée que vous, je vous balançais dans votre berceau; souvent nous avons dormi ensemble. Ah! si un même tombeau nous réunissait un jour! Mais non : je dois dormir seule sous les marbres glacés de ce sanctuaire où reposent pour jamais ces filles qui n'ont point aimé.

» Je ne sais si vous pourrez lire ces lignes à demi effacées par mes larmes. Après tout, mon ami, un peu plus tôt, un peu plus tard, n'aurait-il pas fallu nous quitter? Qu'ai-je besoin de vous entretenir de l'incertitude et du peu de valeur de la vie? Vous vous rappelez le jeune M*** qui fit naufrage à l'île de France. Quand vous reçûtes sa dernière lettre, quelques mois après sa mort, sa dépouille terrestre n'existait même plus, et l'instant où vous commenciez son deuil en Europe était celui où on le finissait aux Indes. Qu'est-ce donc que l'homme, dont la mémoire périt si vite? Une partie de ses amis ne peut apprendre sa mort, que l'autre n'en soit déjà consolée! Quoi, cher et trop cher René, mon souvenir s'effacera-t-il si promptement de ton cœur? O mon frère! si je m'arrache à vous dans le temps, c'est pour n'être pas séparée de vous dans l'éternité.

AMÉLIE. »

P. S. « Je joins ici l'acte de donation de mes biens; j'espère que vous ne refuserez pas cette marque de mon amitié. »

La foudre qui fût tombée à mes pieds ne m'eût pas causé plus d'effroi que cette lettre. Quel secret Amélie me cachait-elle? Qui la forçait si subitement à embrasser la vie religieuse? Ne m'avait-elle rattaché à l'existence par le charme de l'amitié, que pour me délaisser tout à coup? Oh!

pourquoi était-elle venue me détourner de mon dessein ? Un mouvement de pitié l'avait rappelée auprès de moi, mais bientôt fatiguée d'un pénible devoir, elle se hâte de quitter un malheureux qui n'avait qu'elle sur la terre. On croit avoir tout fait quand on a empêché un homme de mourir ! Telles étaient mes plaintes. Puis faisant un retour sur moi-même : « Ingrate Amélie, disais-je, si tu avais été à ma place, si, comme toi, tu avais été perdue dans le vide de tes jours, ah ! tu n'aurais pas été abandonnée de ton frère. »

Cependant quand je relisais la lettre, j'y trouvais je ne sais quoi de si triste et de si tendre que tout mon cœur se fondait. Tout à coup il me vint une idée qui me donna quelque espérance : je m'imaginai qu'Amélie avait peut-être conçu une passion pour un homme, qu'elle n'osait avouer. Ce soupçon sembla m'expliquer sa mélancolie, sa correspondance mystérieuse, et le ton passionné qui respirait dans sa lettre. Je lui écrivis aussitôt pour la supplier de m'ouvrir son cœur.

Elle ne tarda pas à me répondre, mais sans me découvrir son secret : elle me mandait seulement qu'elle avait obtenu les dispenses du noviciat, et qu'elle allait prononcer ses vœux.

Je fus révolté de l'obstination d'Amélie, du mystère de ses paroles, et de son peu de confiance en mon amitié.

Après avoir hésité un moment sur le parti que j'avais à prendre, je résolus d'aller à B*** pour faire un dernier effort auprès de ma sœur. La terre où j'avais été élevé se trouvait sur la route. Quand j'aperçus les bois où j'avais passé les seuls moments heureux de ma vie, je ne pus retenir mes larmes, et il me fut impossible de résister à la tentation de leur dire un dernier adieu.

Mon frère aîné avait vendu l'héritage paternel, et le nouveau propriétaire ne l'habitait pas. J'arrivai au château par la longue avenue de sapins; je traversai à pied les cours désertes; je m'arrêtai à regarder les fenêtres fermées ou demi-brisées, le chardon qui croissait au pied des murs, les feuilles qui jonchaient le seuil des portes, et ce perron solitaire où j'avais vu si souvent mon père et ses fidèles serviteurs. Les marches étaient déjà couvertes de mousse; le violier jaune croissait entre leurs pierres déjointes et tremblantes. Un gardien inconnu m'ouvrit brusquement les portes. J'hésitais à franchir le seuil; cet homme s'écria : « Eh bien! allez-vous faire comme cette étrangère qui vint ici il y a quelques jours? Quand ce fut pour entrer, elle s'évanouit, et je fus obligé de la reporter à sa voiture. » Il me fut aisé de reconnaître l'*étrangère* qui, comme moi, était venue chercher dans ces lieux des pleurs et des souvenirs!

Couvrant un moment mes yeux de mon mouchoir, j'entrai sous le toit de mes ancêtres. Je parcourus les appartements sonores où l'on n'entendait que le bruit de mes pas. Les chambres étaient à peine éclairées par la faible lumière qui pénétrait entre les volets fermés : je visitai celle où ma mère avait perdu la vie en me mettant au monde, celle où se retirait mon père, celle où j'avais dormi dans mon berceau, celle enfin où l'amitié avait reçu mes premiers vœux dans le sein d'une sœur. Partout les salles étaient détendues, et l'araignée filait sa toile dans les couches abandonnées. Je sortis précipitamment de ces lieux, je m'en éloignai à grands pas, sans oser tourner la tête. Qu'ils sont doux, mais qu'ils sont rapides les moments que les frères et les sœurs passent dans leurs jeunes années, réunis sous l'aile de leurs vieux parents ! La famille de l'homme n'est que d'un jour ; le souffle de Dieu la disperse comme une fumée. A peine le fils connaît-il le père, le père le fils, le frère la sœur, la sœur le frère ! Le chêne voit germer ses glands autour de lui ; il n'en est pas ainsi des enfants des hommes !

En arrivant à B***, je me fis conduire au couvent ; je demandai à parler à ma sœur. On me dit qu'elle ne recevait personne. Je lui écrivis : elle me répondit que, sur le point de se consacrer à Dieu, il ne lui était pas permis de donner une pensée au monde ; que si je l'aimais, j'éviterais de l'accabler de ma douleur. Elle ajoutait : « Cependant si votre projet est de paraître à l'autel le jour de ma profession, daignez m'y servir de père ; ce rôle est le seul digne de votre courage, le seul qui convienne à notre amitié et à mon repos. »

Cette froide fermeté qu'on opposait à l'ardeur de mon amitié me jeta dans de violents transports. Tantôt j'étais près de retourner sur mes pas ; tantôt je voulais rester, uniquement pour troubler le sacrifice. L'enfer me suscitait jusqu'à la pensée de me poignarder dans l'église, et de mêler mes derniers soupirs aux vœux qui m'arra-

chaient ma sœur. La supérieure du couvent me
fit prévenir qu'on avait préparé un banc dans le
sanctuaire, et elle m'invitait à me rendre à la cérémonie, qui devait avoir lieu le lendemain.

Au lever de l'aube, j'entendis le premier son
des cloches... Vers dix heures, dans une sorte
d'agonie, je me traînai au monastère. Rien ne
peut plus être tragique quand on a assisté à un
pareil spectacle; rien ne peut plus être douloureux quand on y a survécu.

Un peuple immense remplissait l'église. On me
conduit au banc du sanctuaire; je me précipite à
genoux sans presque savoir où j'étais, ni à quoi
j'étais résolu. Déjà le prêtre attendait à l'autel;
tout à coup la grille mystérieuse s'ouvre, et
Amélie s'avance, parée de toutes les pompes du
monde. Elle était si belle, il y avait sur son visage
quelque chose de si divin, qu'elle excita un mouvement de surprise et d'admiration. Vaincu par
la glorieuse douleur de la sainte, abattu par les
grandeurs de la religion, tous mes projets de
violence s'évanouirent; ma force m'abandonna;
je me sentis lié par une main toute-puissante, et
au lieu de blasphèmes et de menaces, je ne trouvai dans mon cœur que de profondes adorations
et les gémissements de l'humilité.

Amélie se place sous un dais. Le sacrifice commence à la lueur des flambeaux, au milieu des
fleurs et des parfums qui devaient rendre l'holo-
causte agréable. A l'offertoire, le prêtre se dépouilla de ses ornements, ne conserva qu'une
tunique de lin, monta en chaire, et dans un discours simple et pathétique, peignit le bonheur de

la vierge qui se consacre au Seigneur. Quand il prononça ces mots : « Elle a paru comme l'encens qui se consume dans le feu, » un grand calme et des odeurs célestes semblèrent se répandre dans l'auditoire ; on se sentit comme à l'abri sous les ailes de la colombe mystique, et l'on eût cru voir les anges descendre sur l'autel et remonter vers les cieux avec des parfums et des couronnes.

Le prêtre achève son discours, reprend ses vêtements, continue le sacrifice. Amélie, soutenue de deux jeunes religieuses, se met à genoux sur la dernière marche de l'autel. On vient alors me chercher pour remplir les fonctions paternelles. Au bruit de mes pas chancelants dans le sanctuaire, Amélie est prête à défaillir On me place à côté du prêtre pour lui présenter les ciseaux. En ce moment, je sens renaître mes transports ; ma fureur va éclater, quand Amélie, rappelant son courage, me lance un regard où il y a tant de reproche et de douleur, que j'en suis atterré. La religion triomphe. Ma sœur profite de mon trouble ; elle avance hardiment la tête. Sa superbe chevelure tombe de toutes parts sous le fer sacré ; une longue robe d'étamine remplace pour elle les ornements du siècle, sans la rendre moins touchante ; les ennuis de son front se cachent sous un bandeau de lin ; et le voile mystérieux, double symbole de la virginité et de la religion, accompagne sa tête dépouillée. Jamais elle n'avait paru si belle. L'œil de la pénitente était attaché sur la poussière du monde, et son âme était dans le ciel.

Cependant Amélie n'avait point encore prononcé ses vœux ; et pour mourir au monde, il

fallait qu'elle passât à travers le tombeau. Ma
sœur se couche sur le marbre; on étend sur elle
un drap mortuaire; quatre flambeaux en mar-
quent les quatre coins. Le prêtre, l'étole au cou,
le livre à la main, commence l'office des morts;
de jeunes vierges le continuent. O joies de la
religion, que vous êtes grandes, mais que vous
êtes terribles! On m'avait contraint de me placer
à genoux près de ce lugubre appareil. Tout à coup
un murmure confus sort de dessous le voile sé-
pulcral; je m'incline, et ces paroles épouvantables
(que je fus seul à entendre) viennent frapper mon
oreille : « Dieu de miséricorde, fais que je ne me
relève jamais de cette couche funèbre, et comble
de tes biens un frère qui n'a point partagé ma criminelle passion! »

A ces mots échappés du cercueil, l'affreuse vérité m'éclaire; ma raison s'égare, je me laisse
tomber sur le linceul de la mort, je presse ma
sœur dans mes bras, je m'écrie : « Chaste épouse
de Jésus-Christ, reçois mes derniers embrassements à travers les glaces du trépas et les profon-
deurs de l'éternité, qui te séparent déjà de ton
frère! »

Ce mouvement, ce cri, ces larmes troublent la
cérémonie : le prêtre s'interrompt, les religieuses
ferment la grille, la foule s'agite et se presse vers
l'autel; on m'emporte sans connaissance. Que je
sus peu de gré à ceux qui me rappelèrent au jour!
J'appris, en rouvrant les yeux, que le sacrifice
était consommé, et que ma sœur avait été saisie
d'une fièvre ardente. Elle me faisait prier de ne
plus chercher à la voir. O misère de ma vie! une

sœur craindre de parler à un frère, et un frère
craindre de faire entendre sa voix à une sœur ! Je
sortis du monastère comme de ce lieu d'expiation
où des flammes nous préparent pour la vie céleste,
où l'on a tout perdu comme aux enfers, hors l'espérance.

On peut trouver des forces dans son âme contre
un malheur personnel ; mais devenir la cause involontaire du malheur d'un autre, cela est tout à
fait insupportable. Éclairé sur les maux de ma
sœur, je me figurais ce qu'elle avait dû souffrir.
Alors s'expliquèrent pour moi plusieurs choses
que je n'avais pu comprendre : ce mélange de
joie et de tristesse qu'Amélie avait fait paraître
au moment de mon départ pour mes voyages, le
soin qu'elle prit de m'éviter à mon retour, et cependant cette faiblesse qui l'empêcha si longtemps
d'entrer dans un monastère : sans doute la fille
malheureuse s'était flattée de guérir ! Ses projets
de retraite, la dispense de noviciat, la disposition
de ses biens en ma faveur, avaient apparemment
produit cette correspondance secrète qui servit à
me tromper.

O mes amis ! je sus donc ce que c'était que de
verser des larmes pour un mal qui n'était point
imaginaire ! Mes passions, si longtemps indéter-
minées, se précipitèrent sur cette première proie
avec fureur. Je trouvai même une sorte de satis-
faction inattendue dans la plénitude de mon chagrin, et je m'aperçus, avec un secret mouvement
de joie, que la douleur n'est pas une affection
qu'on épuise comme le plaisir.

J'avais voulu quitter la terre avant l'ordre du

Tout-Puissant ; c'était un grand crime : Dieu m'avait envoyé Amélie à la fois pour me sauver et pour me punir. Ainsi, toute pensée coupable, toute action criminelle entraîne après elle des désordres et des malheurs. Amélie me priait de vivre, et je lui devais bien de ne pas aggraver ses maux. D'ailleurs (chose étrange !) je n'avais plus envie de mourir depuis que j'étais réellement malheureux. Mon chagrin était devenu une occupation qui remplissait tous mes moments : tant mon cœur est naturellement pétri d'ennui et de misère !

Je pris donc subitement une autre résolution ; je me déterminai à quitter l'Europe, et à passer en Amérique.

On équipait, dans ce moment même, au port de B*** une flotte pour la Louisiane : je m'arrangeai avec un des capitaines de vaisseau ; je fis savoir mon projet à Amélie, et je m'occupai de mon départ.

Ma sœur avait touché aux portes de la mort ; mais Dieu, qui lui destinait la première palme des vierges, ne voulut pas la rappeler si vite à lui ; son épreuve ici-bas fut prolongée. Descendue une seconde fois dans la pénible carrière de la vie, l'héroïne, courbée sous la croix, s'avança courageusement à l'encontre des douleurs, ne voyant plus que le triomphe dans le combat, et dans l'excès des souffrances, l'excès de la gloire.

La vente du peu de bien qui me restait, et que je cédai à mon frère, les longs préparatifs d'un convoi, les vents contraires, me retinrent longtemps dans le port. J'allais chaque matin m'informer des nouvelles d'Amélie, et je revenais toujours avec de nouveaux motifs d'admiration et de larmes.

J'errais sans cesse autour du monastère, bâti au bord de la mer. J'apercevais souvent à une petite fenêtre grillée qui donnait sur une plage déserte, une religieuse assise dans une attitude pensive ; elle rêvait à l'aspect de l'Océan où apparaissait quelque vaisseau, cinglant aux extrémités de la terre. Plusieurs fois, à la clarté de la lune j'ai revu la même religieuse aux barreaux de la même fenêtre : elle contemplait la mer, éclairée par l'astre de la nuit, et semblait prêter l'oreille au bruit des vagues qui se brisaient tristement sur des grèves solitaires.

Je crois encore entendre la cloche qui, pendant la nuit, appelait les religieuses aux veilles et aux prières. Tandis qu'elle tintait avec lenteur, et que les vierges s'avançaient en silence à l'autel du Tout-Puissant, je courais au monastère : là, seul au pied des murs, j'écoutais dans une sainte extase les derniers sons des cantiques, qui se mêlaient sous les voûtes du temple au faible bruissement des flots.

Je ne sais comment toutes ces choses, qui auraient dû nourrir mes peines, en émoussaient au contraire l'aiguillon. Mes larmes avaient moins d'amertume, lorsque je les répandais sur les rochers et parmi les vents. Mon chagrin même, par sa nature extraordinaire, portait avec lui quelque remède : on jouit de ce qui n'est pas commun, même quand cette chose est un malheur. J'en conçus presque l'espérance que ma sœur deviendrait à son tour moins misérable.

Une lettre que je reçus d'elle avant mon départ
sembla me confirmer dans ces idées. Amélie se
plaignait tendrement de ma douleur, et m'assu-
rait que le temps diminuait la sienne : « Je ne
désespère pas de mon bonheur, me disait-elle.
L'excès même du sacrifice, à présent que le sacrifice est consommé, sert à me rendre quelque paix.
La simplicité de mes compagnes, la pureté de
leurs vœux, la régularité de leur vie, tout répand
du baume sur mes jours. Quand j'entends gronder les orages, et que l'oiseau de mer vient battre
des ailes à ma fenêtre, moi, pauvre colombe du
ciel, je songe au bonheur que j'ai eu de trouver
un abri contre la tempête. C'est ici la sainte montagne, le sommet élevé d'où l'on entend les derniers bruits de la terre et les premiers concerts
du ciel, c'est ici que la religion trompe doucement
une âme sensible : aux plus violentes amours elle
substitue une sorte de chasteté brûlante où
l'amante et la vierge sont unies; elle épure ses
soupirs; elle change en une flamme incorruptible
une flamme périssable; elle mêle divinement son
calme et son innocence à ce reste de trouble et de
volupté d'un cœur qui cherche à se reposer, et
d'une vie qui se retire. »

Je ne sais ce que le ciel me réserve, et s'il a
voulu m'avertir que les orages accompagneraient
partout mes pas. L'ordre était donné pour le départ de la flotte, déjà plusieurs vaisseaux avaient
appareillé au baisser du soleil; je m'étais arrangé
pour passer la dernière nuit à terre, afin d'écrire
ma lettre d'adieux à Amélie. Vers minuit, tandis
que je m'occupe de ce soin, et que je mouille mon

papier de mes larmes, le bruit des vents vient
frapper mon oreille. J'écoute, et au milieu de la
tempête, je distingue les coups de canon d'alarme,
mêlés au glas de la cloche monastique. Je vole sur
le rivage où tout était désert, et où l'on n'entendait que le rugissement des flots. Je m'assieds sur
un rocher. D'un côté s'étendent les vagues étince-
lantes; de l'autre les murs sombres du monastère se perdent confusément dans les cieux. Une
petite lumière paraissait à la fenêtre grillée. Etait-
ce toi, ô mon Amélie! qui, prosternée au pied du
crucifix, priais le Dieu des orages d'épargner ton
malheureux frère! La tempête sur les flots, le
calme dans ta retraite; des hommes brisés sur
des écueils, au pied de l'asile que rien ne peut
troubler; l'infini de l'autre côté du mur d'une
cellule; les fanaux agités des vaisseaux, le phare
immobile du couvent; l'incertitude des destinées
du navigateur, la vestale connaissant dans un
seul jour tous les jours futurs de sa vie; d'une
autre part, une âme telle que la tienne, ô Amélie!
orageuse comme l'Océan; un naufrage plus
affreux que celui du marinier : tout ce tableau est
encore profondément gravé dans ma mémoire.
Soleil de ce ciel nouveau, maintenant témoin de
mes larmes, écho du rivage américain qui répétez
les accents de René, ce fut le lendemain de cette
nuit terrible qu'appuyé sur le gaillard de mon
vaisseau, je vis s'éloigner pour jamais ma terre
natale! Je contemplai longtemps sur la côte les
derniers balancements des arbres de la patrie, et
les faîtes du monastère qui s'abaissaient à l'horizon. »

Comme René achevait de raconter son histoire, il tira un papier de son sein, et le donna au père Souël ; puis, se jetant dans les bras de Chactas, et étouffant ses sanglo·s, il laissa le temps au missionnaire de parcourir la lettre qu'il venait de lui remettre.

Elle était de la supérieure de***. Elle contenait la récit des derniers moments de la sœur Amélie de la Miséricorde, morte victime de son zèle et de sa charité, en soignant ses compagnes attaquées d'une maladie contagieuse. Toute la communauté était inconsolable, et l'on y regardait Amélie comme une sainte. La supérieure ajoutait que depuis trente ans qu'elle était à la tête de la maison, elle n'avait jamais vu de religieuse d'une humeur aussi douce et aussi égale, ni qui fût plus contente d'avoir quitté les tribulations du monde.

Chactas pressait René dans ses bras ; le vieillard pleurait. « Mon enfant, dit-il à son fils, je voudrais que le père Aubry fût ici ; il tirait du fond de son cœur je ne sais quelle paix qui, en les calmant, ne semblait cependant point étrangère aux tempêtes, c'était la lune dans une nuit orageuse : les nuages errants ne peuvent l'emporter dans leur course ; pure et inaltérable, elle s'avance tranquille au-dessus d'eux. Hélas ! pour moi, tout me trouble et m'entraîne ! »

Jusqu'alors le père Souël, sans proférer une parole, avait écouté d'un air austère l'histoire de René. Il portait en secret un cœur compatissant, mais il montrait au dehors un caractère inflexible ; la sensibilité du sachem le fit sortir du silence.

« Rien, dit-il au frère d'Amélie, rien ne mérite, dans cette histoire, la pitié qu'on vous montre ici. Je vois un jeune homme entêté de chimères, à qui tout déplaît, et qui s'est soustrait aux charges de la société pour se livrer à d'inutiles rêveries. On n'est point, monsieur, un homme supérieur parce qu'on aperçoit le monde sous un jour odieux. On ne hait les hommes et la vie que faute de voir assez loin. Etendez un peu plus votre regard, et vous serez bientôt convaincu que tous ces maux dont vous vous plaignez sont de purs néants. Mais quelle honte de ne pouvoir songer au seul malheur réel de votre vie, sans être forcé de rougir ! Toute la pureté, toute la vertu, toute la religion, toutes les couronnes d'une sainte rendent à peine tolérable la seule idée de vos chagrins. Votre sœur a expié sa faute ; mais, s'il faut ici dire ma pensée, je crains que, par une épouvantable justice, un aveu sorti du sein de la tombe n'ait troublé votre âme à son tour. Que faites-vous seul au fond des forêts où vous consumez vos jours, négligeant tous vos devoirs? Des saints, me direz-vous, se sont ensevelis dans les déserts? Ils y étaient avec leurs larmes, et employaient à éteindre leurs passions le temps que vous perdez peut-être à allumer les vôtres. Jeune présomptueux qui avez cru que l'homme se peut suffire à lui-même! La solitude est mauvaise à celui qui n'y vit pas avec Dieu; elle redouble les puissances de l'âme, en même temps qu'elle leur ôte tout sujet pour s'exercer. Quiconque a reçu des forces doit les consacrer au service de ses semblables; s'il les laisse inutiles, il en est d'abord puni par une secrète misère, et tôt ou tard le ciel lui envoie un châtiment effroyable. »

Troublé par ces paroles, René releva du sein de Chactas sa tête humiliée. Le sachem aveugle se prit à sourire, et ce sourire de la bouche qui ne se mariait plus à celui des yeux, avait quelque chose de mystérieux et de céleste. « Mon fils, dit le vieil amant d'Atala, il nous parle sévèrement; il corrige et le vieillard et le jeune homme, et il a raison. Oui, il faut que tu renonces à cette vie extraordinaire qui n'est pleine que de soucis; il n'y a de bonheur que dans les voies communes. Un jour le Meschacébé, encore assez près de sa source, se lassa de n'être qu'un limpide ruisseau. Il demande des neiges aux montagnes, des eaux aux torrents, des pluies aux tempêtes, il franchit ses rives, et désole ses bords charmants. L'orgueilleux ruisseau s'applaudit d'abord de sa puissance; mais voyant que tout devenait désert sur son passage, qu'il coulait abandonné dans la solitude, que ses eaux étaient toujours troublées, il regretta l'humble lit que lui avait creusé la nature, les oiseaux, les fleurs, les arbres et les ruisseaux, jadis modestes compagnons de son paisible cours. »

Chactas cessa de parler, et l'on entendit la voix du flamant qui, retiré dans les roseaux du Meschacébé, annonçait un orage pour le milieu du jour. Les trois amis reprirent la route de leurs cabanes : René marchait en silence entre le missionnaire qui priait Dieu, et le sachem aveugle qui cherchait sa route. On dit que, pressé par les deux vieillards, il retourna chez son épouse, mais sans y trouver le bonheur. Il périt peu de temps après avec Chactas et le père Souël, dans le massacre des Français et des Natchez à la Louisiane. On montre encore un rocher où il allait s'asseoir au soleil couchant.

FIN DE RENÉ.

Les *Aventures du dernier Abencerrage* sont
écrites depuis à peu près une vingtaine d'années :
le portrait que j'ai tracé des Espagnols explique
assez pourquoi cette nouvelle n'a pu être impri-
mée sous le gouvernement impérial. La résistance
des Espagnols à Bonaparte, d'un peuple désarmé
à ce conquérant qui avait vaincu les meilleurs
soldats de l'Europe, excitait alors l'enthousiasme
de tous les cœurs susceptibles d'être touchés par
les grands dévouements et les nobles sacrifices.
Les ruines de Saragosse fumaient encore, et la
censure n'aurait pas permis des éloges où elle eût
découvert, avec raison, un intérêt caché pour les
victimes. La peinture des vieilles mœurs de l'Europe, les souvenirs de la gloire d'un autre temps,
et ceux de la cour d'un de nos plus brillants mo-
narques, n'auraient pas été plus agréables à la
censure, qui d'ailleurs commençait à se repentir
de m'avoir tant de fois laissé parler de l'ancienne
monarchie et de la religion de nos pères : ces
morts que j'évoquais sans cesse faisaient trop penser aux vivants.

On place souvent dans les tableaux quelque
personnage difforme pour faire ressortir la beauté
des autres : dans cette nouvelle, j'ai voulu pein-

dre trois hommes d'un caractère également élevé, mais ne sortant point de la nature, et conservant, avec des passions, les mœurs et les préjugés même de leur pays. Le caractère de la femme est aussi dessiné dans les mêmes proportions. Il faut au moins que le monde chimérique, quand on s'y transporte, nous dédommage du monde réel.

On s'apercevra facilement que cette nouvelle est l'ouvrage d'un homme qui a senti les chagrins de l'exil, et dont le cœur est tout à sa patrie.

C'est sur les lieux mêmes que j'ai pris, pour ainsi dire, les vues de Grenade, de l'Alhambra, et de cette mosquée transformée en église, qui n'est autre chose que la cathédrale de Cordoue. Ces descriptions sont donc une espèce d'addition à ce passage de l'*Itinéraire :*

« De Cadix, je me rendis à Cordoue : j'admirai la mosquée qui fait aujourd'hui la cathédrale de cette ville. Je parcourus l'ancienne Bétique où les poëtes avaient placé le bonheur. Je remontai jusqu'à Andujar, et je revins sur mes pas pour voir Grenade. L'Alhambra me parut digne d'être regardé [1] même après les temples de la Grèce. La vallée de Grenade est délicieuse, et ressemble beaucoup à celle de Sparte : on conçoit que les Mores regrettent un pareil pays. » (ITINÉRAIRE DE PARIS A JÉRUSALEM [1], VIIe et dernière partie.)

_____

[1] L'Itinéraire est publié dans le *Panthéon classique*, n. 75-75, 5 vol. — *Le Génie du christianisme*, n. 68-72, 5 vol. — *Les Martyrs*, n. 58-40, 5 vol. — *Atala*, *René*, *le dernier Abencerrage*, ces trois ouvrages en un seul volume, n. 9.

LES AVENTURES

DU DERNIER

ABENCERRAGE.

———

Lorsque Boabdil, dernier roi de Grenade, fut obligé d'abandonner le royaume de ses pères, il s'arrêta au sommet du mont Padul. De ce lieu élevé on découvrait la mer où l'infortuné monarque allait s'embarquer pour l'Afrique; on apercevait aussi Grenade, la Véga et le Xénil, au bord duquel s'élevaient les tentes de Ferdinand et d'Isabelle. A la vue de ce beau pays et des cyprès qui marquaient encore çà et là les tombeaux des musulmans, Boabdil se prit à verser des larmes. La sultane Aïxa, sa mère, qui l'accompagnait dans son exil avec les grands qui composaient jadis sa cour, lui dit : « Pleure maintenant, comme une femme, un royaume que tu n'as pas su défendre comme un homme. » Ils descendirent de la montagne, et Grenade disparut à leurs yeux pour toujours.

Les Mores d'Espagne qui partagèrent le sort de leur roi se dispersèrent en Afrique. Les tribus des

Zégris et des Gomèles s'établirent dans le royaume
de Fez, dont elles tiraient leur origine. Les Va-
négas et les Alabès s'arrêtèrent sur la côte, depuis Oran jusqu'à Alger ; enfin les Abencerrages
se fixèrent dans les environs de Tunis. Ils formè-
rent, à la vue des ruines de Carthage, une colonie
que l'on distingue encore aujourd'hui des Mores
d'Afrique, par l'élégance de ses mœurs et la douceur de ses lois.

Ces familles portèrent dans leur patrie nouvelle
le souvenir de leur ancienne patrie. Le *Paradis
de Grenade* vivait toujours dans leur mémoire,
les mères en redisaient le nom aux enfants qui
suçaient encore la mamelle. Elles les berçaient
avec les romances des Zégris et des Abencerrages.
Tous les cinq jours on priait dans la mosquée, en
se tournant vers Grenade, On invoquait Allah,
afin qu'il rendît à ses élus cette terre de délices.
En vain le pays des Lotophages offrait aux exilés
ses fruits, ses eaux, sa verdure, son brillant soleil ; loin des *Tours Vermeilles* [1], il n'y avait ni
fruits agréables, ni fontaines limpides, ni fraîche
verdure, ni soleil digne d'être regardé. Si l'on
montrait à quelque banni les plaines de la Bagrada,
il secouait la tête et s'écriait en soupirant : « Grenade ! »

Les Abencerrages surtout conservaient les plus
tendres et les plus fidèles souvenirs de la patrie.
Ils avaient quitté avec un mortel regret le théâtre
de leur gloire, et les bords qu'ils firent si souvent
retentir de ce cri d'armes : « Honneur et amour ! »

1 Tours d'un palais de Grenade.

Ne pouvant plus lever la lance dans les déserts, ni se couvrir du casque dans une colonie de laboureurs, ils s'étaient consacrés à l'étude des simples, profession estimée chez les Arabes à l'égal du métier des armes. Ainsi cette race de guerriers, qui jadis faisait des blessures, s'occupait maintenant de l'art de les guérir. En cela elle avait retenu quelque chose de son premier génie, car les chevaliers pansaient souvent eux-mêmes les plaies de l'ennemi qu'ils avaient abattu.

La cabane de cette famille, qui jadis eut des palais, n'était point placée, dans le hameau des autres exilés, au pied de la montagne du Mamelife ; elle était bâtie parmi les débris mêmes de Carthage, au bord de la mer, dans l'endroit où saint Louis mourut sur la cendre, et où l'on voit aujourd'hui un ermitage mahométan. Aux murailles de la cabane étaient attachés des boucliers de peau de lion, qui portaient, empreintes sur un champ d'azur, deux figures de sauvages, brisant une ville avec une massue. Autour de cette devise on lisait ces mots : « *C'est peu de chose!* » Armes et devise des Abencerrages. Des lances ornées de pennons blancs et bleus, des alburnos, des casaques de satin tailladé, étaient rangés auprès des boucliers, et brillaient au milieu des cimeterres et des poignards. On voyait encore suspendus çà et là des gantelets, des mors enrichis de pierreries, de larges étriers d'argent, de longues épées dont le fourreau avait été brodé par les mains des princesses, et des éperons d'or que les Yseult, les Genièvre, les Oriane, chaussèrent jadis à de vaillants chevaliers.

Sur ces tables, au pied de ces trophées de la gloire, étaient posés des trophées d'une vie pacifique : c'étaient des plantes cueillies sur les sommets de l'Atlas et dans le désert de Sahara : plusieurs même avaient été apportées de la plaine de Grenade. Les unes étaient propres à soulager les maux du corps ; les autres devaient étendre leur pouvoir jusque sur les chagrins de l'âme. Les Abencerrages estimaient surtout celles qui servaient à calmer les vains regrets, à dissiper les folles illusions et ces espérances de bonheur toujours naissantes, toujours déçues. Malheureusement ces simples avaient des vertus opposées, et souvent le parfum d'une fleur de la patrie était comme une espèce de poison pour les illustres bannis.

Vingt-quatre ans s'étaient écoulés depuis la prise de Grenade. Dans ce court espace de temps quatorze Abencerrages avaient péri par l'influence d'un nouveau climat, par les accidents d'une vie errante, et surtout par le chagrin, qui mine sourdement les forces de l'homme. Un seul rejeton était tout l'espoir de cette maison fameuse. Aben-Hamet portait le nom de cet Abencerrage qui fut accusé par les Zégris d'avoir séduit la sultane Alfaïma. Il réunissait en lui la beauté, la valeur, la courtoisie, la générosité de ses ancêtres, avec ce doux éclat et cette légère expression de tristesse que donne le malheur noblement supporté. Il n'avait que vingt-deux ans lorsqu'il perdit son père ; il résolut alors de faire un pèlerinage au pays de ses aïeux, afin de satisfaire au besoin de son cœur, et d'accomplir un dessein qu'il cacha soigneusement à sa mère.

Il s'embarque à l'échelle de Tunis ; un vent favorable le conduit à Carthagène : il descend du navire, et prend aussitôt la route de Grenade : il s'annonçait comme un médecin arabe qui venait herboriser parmi les rochers de la Sierra-Nevada. Une mule paisible le portait lentement dans le pays où les Abencerrages volaient jadis sur de belliqueux coursiers : un guide marchait en avant, conduisant deux autres mules ornées de sonnettes et de touffes de diverses couleurs. Aben-Hamet traversa les grandes bruyères et les bois de palmiers du royaume de Murcie : à la vieillesse de ces palmiers, il jugea qu'ils devaient avoir été plantés par ses pères, et son cœur fut pénétré de regrets. Là s'élevait une tour où veillait la sentinelle au temps de la guerre des Mores et des chrétiens; ici se montrait une ruine dont l'architecture annonçait une origine moresque : autre sujet de douleur pour l'Abencerrage ! Il descendait de sa mule, et sous prétexte de chercher des plantes, il se cachait un moment dans ces débris pour donner un libre cours à ses larmes. Il reprenait ensuite sa route, en rêvant au bruit des sonnettes, de la caravane et au chant monotone de son guide. Celui-ci n'interrompait sa longue romance que pour encourager ses mules, en leur donnant le nom de *belles* et de *valeureuses*, ou pour les gourmander, en les appelant *paresseuses* et *obstinées*.

Des troupeaux de moutons qu'un berger conduisait comme une armée dans des plaines jaunes et incultes, quelques voyageurs solitaires, loin de répandre la vie sur le chemin, ne servaient qu'à

le faire paraître plus triste et plus désert. Ces
voyageurs portaient tous une épée à la ceinture;
ils étaient enveloppés dans un manteau, et un
large chapeau rabattu leur couvrait à demi le visage. Ils saluaient en passant Aben-Hamet, qui
ne distinguait dans ce noble salut que le nom de
Dieu, de *seigneur* et de *chevalier*. Le soir, à la
renta, l'Abencerrage prenait sa place au milieu
des étrangers, sans être importuné de leur curiosité indiscrète. On ne lui parlait point, on ne
le questionnait point; son turban, sa robe, ses
armes, n'excitaient aucun étonnement. Puisque
Allah avait voulu que les Mores d'Espagne per-
dissent leur belle patrie, Aben-Hamet ne pouvait
s'empêcher d'en estimer les graves conquérants.

Des émotions encore plus vives attendaient
l'Abencerrage au terme de sa course. Grenade est
bâtie au pied de la Sierra-Nevada, sur deux hautes collines que sépare une profonde vallée. Les
maisons placées sur la pente des coteaux, dans
l'enfoncement de la vallée, donnent à la ville
l'air et la forme d'une grenade entr'ouverte, d'où
lui est venu son nom. Deux rivières, le Xénil et
le Douro, dont l'une roule des paillettes d'or, et
l'autre des sables d'argent, lavent le pied des collines, se réunissent, et serpentent ensuite au milieu d'une plaine charmante, appelée la Véga.
Cette plaine que domine Grenade est couverte de
vignes, de grenadiers, de figuiers, de mûriers,
d'orangers; elle est entourée par des montagnes
d'une forme et d'une couleur admirables. Un ciel
enchanté, un air pur et délicieux, portent dans
l'âme une langueur secrète dont le voyageur, qui

ne fait que passer, a même de la peine à se défendre. On sent que dans ce pays les tendres passions auraient promptement étouffé les passions
héroïques, si l'amour, pour être véritable, n'a-
vait pas toujours besoin d'être accompagné de la
gloire.

Lorsque Aben-Hamet découvrit le faîte des premiers édifices de Grenade, le cœur lui battit avec
tant de violence qu'il fut obligé d'arrêter sa mule.
Il croisa les bras sur sa poitrine, et, les yeux attachés sur la ville sacrée, il resta muet et immobile.
Le guide s'arrêta à son tour, et comme tous les
sentiments élevés sont aisément compris d'un Espagnol, il parut touché et devina que le More revoyait son ancienne patrie. L'Abencerrage rom-
pit enfin le silence :

« Guide, s'écria-t-il, sois heureux ! ne me ca-
che point la vérité, car le calme régnait dans les
flots le jour de ta naissance, et la lune entrait
dans son croissant. Quelles sont ces tours qui
brillent comme des étoiles au-dessus d'une verte
forêt ?

— C'est l'Alhambra, répond le guide.

— Et cet autre château, sur cette autre colline ?
dit Aben-Hamet.

— C'est le Généralife, répliqua l'Espagnol. Il y
a dans ce château un jardin planté de myrtes où
l'on prétend qu'un Abencerrage fut surpris avec la
sultane Alfaïma. Plus loin vous voyez l'Albaïzyn,
et plus près de nous les Tours Vermeilles. »

Chaque mot du guide perçait le cœur d'Aben-
Hamet. Qu'il est cruel d'avoir recours à des
étrangers pour apprendre à connaître les monu-

ments de ses pères, et de se faire raconter par des
indifférents l'histoire de sa famille et de ses amis!
Le guide, mettant fin aux réflexions d'Aben-Hamet, s'écria : « Marchons, seigneur more; marchons, Dieu l'a voulu! Prenez courage. Fran-
çois Ier n'est-il pas aujourd'hui même prisonnier
dans notre Madrid? Dieu l'a voulu. » Il ôta son
chapeau, fit un grand signe de croix et frappa ses
mules. L'Abencerrage, pressant la sienne à son
tour, s'écria : « C'est écrit [1], » et ils descendirent
vers Grenade.

Ils passèrent près du gros frêne célèbre par le
combat de Muça et du grand maître de Calatrava,
sous le dernier roi de Grenade. Ils firent le tour
de la promenade Alameïda, et pénétrèrent dans
la cité par la porte d'Elvire. Ils remontèrent le
Rambla et arrivèrent bientôt sur une place qu'environnaient de toutes parts des maisons d'architecture moresque. Un kan était ouvert sur cette
place pour les Mores d'Afrique, que le commerce
de soies de la Véga attirait en foule à Grenade.
Ce fut là que le guide conduisit Aben-Hamet.

L'Abencerrage était trop agité pour goûter un
peu de repos dans sa nouvelle demeure; la patrie
le tourmentait. Ne pouvant résister aux sentiments qui troublaient son cœur, il sortit au milieu de la nuit pour errer dans les rues de Grenade. Il essayait de reconnaître avec ses yeux ou
ses mains quelques-uns des monuments que les
vieillards lui avaient si souvent décrits. Peut-être
que ce haut édifice dont il entrevoyait les murs à

---

[1] Expression que les musulmans ont sans cesse à la bouche, et qu'ils
appliquent à la plupart des événements de la vie.

travers les ténèbres était autrefois la demeure des Abencerrages ; peut-être était-ce sur cette place solitaire que se donnaient ces fêtes qui portèrent la gloire de Grenade jusqu'aux nues. Là passaient les quadrilles superbement vêtues de brocart ; là s'avançaient les galères chargées d'armes et de fleurs, les dragons qui lançaient des feux et qui recélaient dans leurs flancs d'illustres guerriers, ingénieuses inventions du plaisir et de la galanterie.

Mais hélas ! au lieu du son des anafins, du bruit des trompettes et des chants d'amour, un silence profond régnait autour d'Aben-Hamet. Cette ville muette avait changé d'habitants, et les vainqueurs reposaient sur la couche des vaincus. « Ils dorment donc, ces fiers Espagnols, s'écriait le jeune More indigné, sous ces toits dont ils ont exilé mes aïeux ! Et moi, Abencerrage, je veille inconnu, solitaire, délaissé, à la porte du palais de mes pères ! »

Aben-Hamet réfléchissait alors sur les destinées humaines, sur les vicissitudes de la fortune, sur la chute des empires, sur cette Grenade enfin, surprise par ses ennemis au milieu des plaisirs, et changeant tout à coup ses guirlandes de fleurs contre des chaînes ; il lui semblait voir ses citoyens abandonnant leurs foyers en habits de fête, comme des convives qui, dans le désordre de leur parure, sont tout à coup chassés de la salle du festin par un incendie.

Toutes ces images, toutes ces pensées se pressaient dans l'âme d'Aben-Hamet ; plein de douleur et de regret, il songeait surtout à exécuter le projet qui l'avait amené à Grenade. Le jour le surprit.

L'Abencerrage s'était égaré : il se trouvait loin du kan, dans un faubourg écarté de la ville. Tout dormait ; aucun bruit ne troublait le silence des rues ; les portes et les fenêtres des maisons étaient fermées : seulement la voix du coq proclamait dans l'habitation du pauvre le retour des peines et des travaux.

Après avoir erré longtemps sans pouvoir retrouver sa route, Aben-Hamet entendit une porte s'ouvrir. Il vit sortir une jeune femme, vêtue à peu près comme ces reines gothiques sculptées sur les monuments de nos anciennes abbayes. Son corset noir, garni de jais, serrait sa taille élégante ; son jupon court, étroit et sans plis, découvrait une jambe fine et un pied charmant ; une mantille également noire était jetée sur sa tête : elle tenait avec sa main gauche cette mantille croisée et fermée comme une guimpe au-dessous de son menton, de sorte que l'on n'apercevait de tout son visage que ses grands yeux et sa bouche de rose. Une duègne accompagnait ses pas, un page portait devant elle un livre d'église ; deux varlets, parés de ses couleurs, suivaient à quelque distance la belle inconnue ; elle se rendait à la prière matinale, que les tintements d'une cloche annonçaient dans un monastère voisin.

Aben-Hamet crut voir l'ange Israfil ou la plus jeune des houris. L'Espagnole, non moins surprise, regardait l'Abencerrage, dont le turban, la robe et les armes embellissaient encore la noble figure. Revenue de son premier étonnement, elle fit

signe à l'étranger de s'approcher avec une grâce et
une liberté particulières aux femmes de ce pays.
«Seigneur more, lui dit-elle, vous paraissez nouvellement arrivé à Grenade : vous seriez-vous égaré?

— Sultane des fleurs, répondit Aben-Hamet,
délices des yeux des hommes, ô esclave chrétienne,
plus belle que les vierges de la Géorgie, tu l'as
deviné ! je suis étranger dans cette ville ; perdu
au milieu de ses palais, je n'ai pu retrouver le
kan des Mores. Que Mahomet touche ton cœur et
récompense ton hospitalité !

—Les Mores sont renommés pour leur galanterie, reprit l'Espagnole avec le plus doux sourire,
mais je ne suis ni sultane des fleurs, ni esclave, ni
contente d'être recommandée à Mahomet. Suivez-
moi, seigneur chevalier : je vais vous reconduire
au kan des Mores. »

Elle marcha légèrement devant l'Abencerrage,
le mena jusqu'à la porte du kan, le lui montra de
la main, passa derrière un palais et disparut.

A quoi donc tient le repos de la vie ! La patrie
n'occupe plus seule et tout entière l'âme d'Aben-
Hamet : Grenade a cessé d'être pour lui déserte,
abandonnée, veuve, solitaire ; elle est plus chère
que jamais à son cœur, mais c'est un prestige nouveau qui embellit ses ruines : au souvenir des aïeux
se mêle à présent un autre charme. Aben-Hamet
a découvert le cimetière où reposent les cendres
des Abencerrages ; mais en priant, mais en se
prosternant, mais en versant des larmes filiales,
il songe que la jeune Espagnole a passé quelquefois sur ces tombeaux, et il ne trouve plus ses
ancêtres si malheureux.

C'est en vain qu'il ne veut s'occuper que de son
pèlerinage au pays de ses pères; c'est en vain qu'il
parcourt les coteaux du Douro et du Xénil, pour
y cueillir des plantes au lever de l'aurore : la fleur
qu'il cherche maintenant, c'est la belle chrétienne.
Que d'inutiles efforts il a déjà tentés pour retrouver le palais de son enchanteresse ! Que de fois il
a essayé de repasser par les chemins que lui fit
parcourir son divin guide ! Que de fois il a cru
reconnaître le son de cette cloche, le chant de ce
coq qu'il entendit près de la demeure de l'Espagnole ! Trompé par des bruits pareils, il court
aussitôt de ce côté, et le palais magique ne s'offre
point à ses regards ! Souvent encore le vêtement
uniforme des femmes de Grenade lui donnait un
moment d'espoir : de loin toutes les chrétiennes
ressemblaient à la maîtresse de son cœur; de près,
pas une n'avait sa beauté ni sa grâce. Aben-Hamet
avait enfin parcouru les églises pour découvrir
l'étrangère; il avait même pénétré jusqu'à la tombe
de Ferdinand et d'Isabelle ; mais c'était aussi le
plus grand sacrifice qu'il eût jusqu'alors fait à
l'amour.

Un jour il herborisait dans la vallée du Douro.
Le coteau du midi soutenait sur sa pente fleurie
les murailles de l'Alhambra et les jardins du Généralife ; la colline du nord était décorée par l'Albaïzyn, par de riants vergers et par des grottes
qu'habitait un peuple nombreux. A l'extrémité
occidentale de la vallée on découvrait les clochers
de Grenade, qui s'élevaient en groupe du milieu
des chênes verts et des cyprès. A l'autre extrémité
vers l'orient, l'œil rencontrait sur des pointes de

rochers, des couvents, des ermitages, quelques
ruines de l'ancienne Illibéris, et dans le lointain
le sommet de la Sierra-Nevada. Le Douro roulait
au milieu du vallon, et présentait le long de son
cours de frais moulins, de bruyantes cascades, les
arches brisées d'un aqueduc romain, et les restes
d'un pont du temps des Mores.

Aben-Hamet n'était plus ni assez infortuné, ni
assez heureux, pour bien goûter le charme de la
solitude : il parcourait avec distraction et indifférence ces bords enchantés. En marchant à l'aventure, il suivit une allée d'arbres qui circulait sur
la pente du coteau de l'Albaïzyn. Une maison de
campagne, environnée d'un bocage d'orangers,
s'offrit bientôt à ses yeux : en approchant du bocage, il entendit les sons d'une voix et d'une guitare. Entre la voix, les traits et les regards d'une
femme, il y a des rapports qui ne trompent jamais un homme que l'amour possède. « C'est ma
houri ! » dit Aben-Hamet ; et il écoute, le cœur
palpitant : au nom des Abencerrages plusieurs
fois répété, son cœur bat encore plus vite. L'inconnue chantait une romance castillane qui retraçait l'histoire des Abencerrages et des Zégris.
Aben-Hamet ne peut plus résister à son émotion ;
il s'élance à travers une haie de myrtes et tombe
au milieu d'une troupe de jeunes femmes effrayées
qui fuient en poussant des cris. L'Espagnole qui
venait de chanter et qui tenait encore la guitare
s'écrie : « C'est le seigneur more ! » Et elle rappelle ses compagnes. « Favorite des génies, dit
l'Abencerrage, je te cherchais comme l'Arabe
cherche une source dans l'ardeur du midi ; j'ai

11

entendu les sons de ta guitare, tu célébrais les
héros de mon pays, je t'ai devinée à la beauté de
tes accents, et j'apporte à tes pieds le cœur
d'Aben-Hamet.

—Et moi, répondit dona Blanca, c'était en pen-
sant à vous que je redisais la romance des Abencerrages. Depuis que je vous ai vu, je me suis
figuré que ces chevaliers mores vous ressemblaient. »

Une légère rougeur monta au front de Blanca
en prononçant ces mots. Aben-Hamet se sentit
prêt à tomber aux genoux de la jeune chrétienne,
à lui déclarer qu'il était le dernier Abencerrage,
mais un reste de prudence le retint ; il craignit
que son nom, trop fameux à Grenade, ne donnât
des inquiétudes au gouverneur. La guerre des
Moresques était à peine terminée, et la présence
d'un Abencerrage dans ce moment pouvait in-
spirer aux Espagnols de justes craintes. Ce n'est
pas que Aben-Hamet s'effrayât d'aucun péril,
mais il frémissait à la pensée d'être obligé de
s'éloigner pour jamais de la fille de don Rodrigue.

Dona Blanca descendait d'une famille qui tirait
son origine du Cid de Bivar et de Chimène, fille
du comte Gomez de Gormas. La postérité du
vainqueur de Valence la Belle tomba, par l'ingratitude de la cour de Castille, dans une extrême
pauvreté; on crut même pendant plusieurs siècles
qu'elle s'était éteinte, tant elle devint obscure.
Mais vers le temps de la conquête de Grenade, un
dernier rejeton de la race des Bivar, l'aïeul de
Blanca, se fit reconnaître moins encore à ses ti-
tres qu'à l'éclat de sa valeur. Après l'expulsion

des infidèles, Ferdinand donna au descendant du Cid les biens de plusieurs familles mores, et le créa duc de Santa-Fé. Le nouveau duc fixa sa demeure à Grenade, et mourut jeune encore, laissant un fils unique déjà marié, don Rodrigue, père de Blanca.

Dona Teresa de Xerez, femme de don Rodrigue, mit au jour un fils qui reçut à sa naissance le nom de Rodrigue comme tous ses aïeux, mais que l'on appela don Carlos, pour le distinguer de son père. Les grands événements que don Carlos eut sous les yeux, dès sa plus tendre jeunesse, les périls auxquels il fut exposé presque au sortir de l'enfance, ne firent que rendre plus grave et plus rigide un caractère naturellement porté à l'austérité. Don Carlos comptait à peine quatorze ans, lorsqu'il suivit Cortez au Mexique : il avait supporté tous les dangers, il avait été témoin de toutes les horreurs de cette étonnante aventure ; il avait assisté à la chute du dernier roi d'un monde jusqu'alors inconnu. Trois ans après cette catastrophe, don Carlos s'était trouvé en Europe à la bataille de Pavie, comme pour voir l'honneur et la vaillance couronnés succomber sous les coups de la fortune. L'aspect d'un nouvel univers, de longs voyages sur des mers non encore parcourues, le spectacle des révolutions et des vicissitudes du sort, avaient fortement ébranlé l'imagination religieuse et mélancolique de don Carlos : il était entré dans l'ordre chevaleresque de Calatrava, et, renonçant au mariage, malgré les prières de don Rodrigue, il destinait tous ses biens à sa sœur.

Blanca de Bivar, sœur unique de don Carlos,

et beaucoup plus jeune que lui, était l'idole de son
père : elle avait perdu sa mère, et elle entrait
dans sa dix-huitième année, lorsque Aben-Hamet
parut à Grenade. Tout était séduction dans cette
femme enchanteresse : sa voix était ravissante, sa
danse plus légère que le zéphyr; tantôt elle se
plaisait à guider un char comme Armide, tantôt
elle volait sur le dos du plus rapide coursier de
l'Andalousie, comme ces fées charmantes qui ap-
paraissaient à Tristan et à Galaor dans les forêts.
Athènes l'eût prise pour Aspasie, et Paris pour
Diane de Poitiers qui commençait à briller à la
cour. Mais avec les charmes d'une Française, elle
avait les passions d'une Espagnole, et sa coquet-
terie naturelle n'ôtait rien à la sûreté, à la constance, à la force, à l'élévation des sentiments de
son cœur.

Aux cris qu'avaient poussés les jeunes Espa-
gnoles lorsque Aben-Hamet s'était élancé dans le
bocage, don Rodrigue était accouru. « Mon père,
dit Blanca, voilà le seigneur more dont je vous
ai parlé. Il m'a entendue chanter, il m'a reconnue;
il est entré dans le jardin pour me remercier de
lui avoir enseigné sa route. »

Le duc de Santa-Fé reçut l'Abencerrage avec
la politesse grave et pourtant naïve des Espagnols.
On ne remarque chez cette nation aucun de ces
airs serviles, aucun de ces tours de phrase qui
annoncent l'abjection des pensées et la dégrada-
tion de l'âme. La langue du grand seigneur et du
paysan est la même, le salut le même, les com-
pliments, les habitudes, les usages sont les
mêmes. Autant la confiance et la générosité de ce

peuple envers les étrangers sont sans bornes, autant sa vengeance est terrible quand on le trahit. D'un courage héroïque, d'une patience à toute épreuve, incapable de céder à la mauvaise fortune, il faut qu'il la dompte ou qu'il en soit écrasé. Il a peu de ce qu'on appelle esprit, mais les passions exaltées lui tiennent lieu de cette lumière qui vient de la finesse et de l'abondance des idées. Un Espagnol qui passe le jour sans parler, qui n'a rien vu, qui ne se soucie de rien voir, qui n'a rien lu, rien étudié, rien comparé, trouvera dans la grandeur de ses résolutions les ressources nécessaires au moment de l'adversité.

C'était le jour de la naissance de don Rodrigue, et Blanca donnait à son père une *tertullia*, ou petite fête, dans cette charmante solitude. Le duc de Santa-Fé invita Aben-Hamet à s'asseoir au milieu des jeunes femmes, qui s'amusaient du turban et de la robe de l'étranger. On apporta des carreaux de velours, et l'Abencerrage se reposa sur ces carreaux à la façon des Mores. On lui fit des questions sur son pays et sur ses aventures : il y répondit avec esprit et gaieté. Il parlait le castillan le plus pur ; on aurait pu le prendre pour un Espagnol, s'il n'eût presque toujours dit *toi* au lieu de *vous*. Ce mot avait quelque chose de si doux dans sa bouche, que Blanca ne pouvait se défendre d'un secret dépit lorsqu'il s'adressait à l'une de ses compagnes.

De nombreux serviteurs parurent : ils portaient le chocolat, les pâtes de fruits et les petits pains de sucre de Malaga, blancs comme la neige, poreux et légers comme des éponges.

Après le *refresco*, on pria Blanca d'exécuter une
de ces danses de caractère où elle surpassait les
plus habiles *gitanas*. Elle fut obligée de céder
aux vœux de ses amies. Aben-Hamet avait gardé
le silence, mais ses regards suppliants parlaient
au défaut de sa bouche. Blanca choisit une *zambra*, danse expressive que les Espagnols ont em-
pruntée des Mores.

Une des jeunes femmes commence à jouer sur
la guitare l'air de la danse étrangère. La fille de
don Rodrigue ôte son voile, et attache à ses mains
blanches des castagnettes de bois d'ébène. Ses
cheveux noirs tombent en boucles sur son cou
d'albâtre; sa bouche et ses yeux sourient de concert; son teint est animé par le mouvement de
son cœur. Tout à coup elle fait retentir le bruyant
ébène, frappe trois fois la mesure, entonne le
chant de la *zambra*, et mêlant sa voix aux sons
de la guitare, elle part comme un éclair.

Quelle variété dans ses pas! Quelle élégance
dans ses attitudes! Tantôt elle lève ses bras avec
vivacité, tantôt elle les laisse retomber avec mol-
lesse. Quelquefois elle s'élance comme enivrée de
plaisir, et se retire comme accablée de douleur.
Elle tourne la tête, semble appeler quelqu'un
d'invisible, tend modestement une joue ver-
meille au baiser d'un nouvel époux, fuit hon-
teuse, revient brillante et consolée, marche d'un
pas noble et presque guerrier, puis voltige de
nouveau sur le gazon. L'harmonie de ses pas, de
ses chants, et des sons de la guitare était parfaite.
La voix de Blanca, légèrement voilée, avait cette
sorte d'accent qui remue les passions jusqu'au

fond de l'âme. La musique espagnole, composée de soupirs, de mouvements vifs, de refrains tristes, de chants subitement arrêtés, offre un singulier mélange de gaieté et de mélancolie. Cette musique et cette danse fixèrent sans retour le destin du dernier Abencerrage : elles auraient suffi pour troubler un cœur moins malade que le sien.

On retourna le soir à Grenade, par la vallée du Douro. Don Rodrigue, charmé des manières nobles et polies d'Aben-Hamet, ne voulut point se séparer de lui qu'il ne lui eût promis de venir souvent amuser Blanca des merveilleux récits de l'Orient. Le More, au comble de ses vœux, accepta l'invitation du duc de Santa-Fé ; et dès le lendemain il se rendit au palais où respirait celle qu'il aimait plus que la lumière du jour.

Blanca se trouva bientôt engagée dans une passion profonde par l'impossibilité même où elle crut être d'éprouver jamais cette passion. Aimer un infidèle, un More, un inconnu, lui paraissait une chose si étrange, qu'elle ne prit aucune précaution contre le mal qui commençait à se glisser dans ses veines ; mais aussitôt qu'elle en reconnut les atteintes, elle accepta ce mal en véritable Espagnole. Les périls et les chagrins qu'elle prévit ne la firent point reculer au bord de l'abîme, ni délibérer longtemps avec son cœur. Elle se dit : « Que Aben-Hamet soit chrétien, qu'il m'aime, et je le suis au bout de la terre. »

L'Abencerrage ressentit de son côté toute la puissance d'une passion irrésistible : il ne vivait plus que pour Blanca. Il ne s'occupait plus des projets qui l'avaient amené à Grenade : il lui était

facile d'obtenir les éclaircissements qu'il était
venu chercher, mais tout autre intérêt que celui
de son amour s'était évanoui à ses yeux ; il redou-
tait même des lumières qui auraient pu apporter
des changements dans sa vie. Il ne demandait
rien, il ne voulait rien connaître ; il se disait :
« Que Blanca soit musulmane, qu'elle m'aime, et
je la sers jusqu'à mon dernier soupir. »

Aben-Hamet et Blanca, ainsi fixés dans leur résolution, n'attendaient que le moment de se découvrir leurs sentiments. On était alors dans les
plus beaux jours de l'année. « Vous n'avez point
encore vu l'Alhambra, dit la fille du duc de
Santa-Fé à l'Abencerrage. Si j'en crois quelques
paroles qui vous sont échappées, votre famille
est originaire de Grenade. Peut-être serez-vous
bien aise de visiter le palais de vos anciens rois ?
Je veux moi-même ce soir vous servir de guide. »

Aben-Hamet jura par le prophète que jamais
promenade ne pouvait lui être plus agréable.

L'heure fixée pour le pèlerinage à l'Alhambra
étant arrivée, la fille de don Rodrigue monta sur
une haquenée blanche accoutumée à gravir les
rochers comme un chevreuil. Aben-Hamet accompagnait la brillante Espagnole sur un cheval
andalous équipé à la manière des Turcs. Dans la
course rapide du jeune More, sa robe de pourpre
s'enflait derrière lui, son sabre recourbé retentis-
sait sur la selle élevée, et le vent agitait l'aigrette
dont son turban était surmonté. Le peuple, charmé
de sa bonne grâce, disait en le regardant passer :
« C'est un prince infidèle que doña Blanca va con-
vertir. »

Ils suivirent d'abord une longue rue qui portait encore le nom d'une illustre famille more; cette rue aboutissait à l'enceinte extérieure de l'Alhambra. Ils traversèrent ensuite un bois d'ormeaux, arrivèrent à une fontaine, et se trouvèrent bientôt devant l'enceinte intérieure du palais de Boabdil. Dans une muraille flanquée de tours et surmontée de créneaux, s'ouvrit une porte appelée la porte du Jugement. Ils franchirent cette première porte, et s'avancèrent par un chemin étroit qui serpentait entre de hauts murs et des masures à demi ruinées. Ce chemin les conduisit à la place des Algibes, près de laquelle Charles-Quint faisait alors élever un palais. De là, tournant vers le nord, ils s'arrêtèrent dans une cour déserte, au pied d'un mur sans ornements et dégradé par les âges. Aben-Hamet, sautant légèrement à terre, offrit la main à Blanca pour descendre de sa mule. Les serviteurs frappèrent à une porte abandonnée, dont l'herbe cachait le seuil ; la porte s'ouvrit et laissa voir tout à coup les réduits secrets de l'Alhambra.

Tous les charmes, tous les regrets de la patrie, mêlés aux prestiges de l'amour, saisirent le cœur du dernier Abencerrage. Immobile et muet, il plongeait des regards étonnés dans cette habitation des génies ! Il croyait être transporté à l'entrée d'un de ces palais dont on lit la description dans les contes arabes. De légères galeries, des canaux de marbre blanc bordés de citronniers et d'orangers en fleur, des fontaines, des cours solitaires, s'offraient de toutes parts aux yeux d'Aben-Hamet, et, à travers les voûtes allongées des portiques, il apercevait d'autres labyrinthes et de nouveaux enchantements. L'azur du plus beau ciel se montrait entre des colonnes qui soutenaient une chaîne d'arceaux gothiques. Les murs chargés d'arabesques imitaient à la vue ces étoffes de l'Orient, que brode dans l'ennui du harem le caprice d'une femme esclave. Quelque chose de voluptueux, de religieux et de guerrier semblait respirer dans ce magique édifice : espèce de cloître de l'amour, retraite mystérieuse où les rois mores goûtaient tous les plaisirs, et oubliaient tous les devoirs de la vie.

Après quelques instants de surprise et de silence, les deux amants entrèrent dans ce séjour de la puissance évanouie et des félicités passées. Ils firent d'abord le tour de la salle des Mésucar, au milieu du parfum des fleurs et de la fraîcheur des eaux. Ils pénétrèrent ensuite dans la cour des Lions. L'émotion d'Aben-Hamet augmentait à chaque pas. « Si tu ne remplissais mon âme de délices, dit-il à Blanca, avec quel chagrin me verrais-je obligé de te demander, à toi Espagnole, l'histoire de ces demeures ! Ah ! ces lieux sont faits pour servir de retraite au bonheur, et moi !... »

Aben-Hamet aperçut le nom de Boabdil enchâssé dans des mosaïques. « O mon roi ! s'écria-t-il, qu'es-tu devenu ? Où te trouverai-je dans ton Alhambra désert ? » Et les larmes de la fidélité, de la loyauté et de l'honneur couvraient les yeux du jeune More. « Vos anciens maîtres, dit Blanca, ou plutôt les rois de vos pères étaient des ingrats. —Qu'importe ! repartit l'Abencerrage, ils ont été malheureux ! »

Comme il prononçait ces mots, Blanca le conduisit dans un cabinet qui semblait être le sanctuaire même du temple de l'Amour. Rien n'éga-
lait l'élégance de cet asile; la voûte entière,
peinte d'azur et d'or, et composée d'arabesques
découpées à jour, laissait passer la lumière comme
à travers un tissu de fleurs. Une fontaine jaillis-
sait au milieu de l'édifice, et ses eaux, retombant
en rosée, étaient recueillies dans une conque d'albâtre. « Aben-Hamet, dit la fille du duc de Santa-
Fé, regardez bien cette fontaine; elle reçut les
têtes défigurées des Abencerrages. Vous voyez encore sur le marbre la tache du sang des infortunés
que Boabdil sacrifia à ses soupçons. C'est ainsi
qu'on traite dans votre pays les hommes qui sé-
duisent les femmes crédules. »

Aben-Hamet n'écoutait plus Blanca; il s'était
prosterné et baisait avec respect la trace du sang
de ses ancêtres. Il se relève et s'écrie : « O Blanca !
je jure, par le sang de ces chevaliers, de t'aimer
avec la constance, la fidélité et l'ardeur d'un Abencerrage.

— Vous m'aimez donc? repartit Blanca en joignant ses deux belles mains et levant ses regards
au ciel. Mais songez-vous que vous êtes un infidèle, un More, un ennemi, et que je suis chrétienne et Espagnole?

— O saint prophète, dit Aben-Hamet, soyez
témoin de mes sentiments !... »

Blanca l'interrompant : « Quelle foi voulez-vous
que j'ajoute aux serments d'un persécuteur de mon
Dieu? Savez-vous si je vous aime? Qui vous a
donné l'assurance de me tenir un pareil langage? »

Aben-Hamet consterné répondit : « Il est vrai, je ne suis que ton esclave ; tu ne m'as pas choisi pour ton chevalier.

— More, dit Blanca, laisse là la ruse, tu as vu dans mes regards que je t'aimais ; ma folie pour toi passe toute mesure ; sois chrétien, et rien ne pourra m'empêcher d'être à toi. Mais si la fille du duc de Santa-Fé ose te parler avec cette franchise, tu peux juger par cela même qu'elle saura se vaincre, et que jamais un ennemi des chrétiens n'aura aucun droit sur elle. »

Aben-Hamet, dans un transport de passion, saisit les mains de Blanca, les posa sur son turban et ensuite sur son cœur. « Allah est puissant, s'écria-t-il, et Aben-Hamet est heureux ! O Mahomet ! que cette chrétienne connaisse ta loi, et rien ne pourra....

— Tu blasphèmes, dit Blanca : sortons d'ici. »

Elle s'appuya sur le bras du More, et s'approcha de la fontaine des Douze-Lions, qui donne son nom à l'une des cours de l'Alhambra. « Etranger, dit la naïve Espagnole, quand je regarde ta robe, ton turban, tes armes, et que je songe à nos amours, je crois voir l'ombre du bel Abencerrage se promenant dans cette retraite abandonnée avec l'infortunée Alfaïma. Explique-moi l'inscription arabe gravée sur le marbre de cette fontaine. »

Aben-Hamet lut ces mots [1] :

La belle princesse qui se promène couverte de

---

[1] Cette inscription existe avec quelques autres. Il est inutile de répéter que j'ai fait cette description de l'Alhambra sur les lieux mêmes.

perles dans sòn jardin, en augmente si prodigieu-
sement la beauté... Le reste de l'inscription était
effacé.

« C'est pour toi qu'elle a été faite, cette inscription, dit Aben-Hamet. Sultane aimée, ces palais
n'ont jamais été aussi beaux dans leur jeunesse,
qu'ils le sont aujourd'hui dans leurs ruines.
Écoute le bruit des fontaines dont la mousse a dé-
tourné les eaux ; regarde les jardins qui se mon-
trent à travers ces arcades à demi tombées ; contemple l'astre du jour qui se couche par delà tous
ces portiques : qu'il est doux d'errer avec toi dans
ces lieux ! Tes paroles embaument ces retraites,
comme les roses de l'hymen. Avec quel charme je
reconnais dans ton langage quelques accents de la
langue de mes pères ! Le seul frémissement de ta
robe sur ces marbres me fait tressaillir. L'air n'est
parfumé que parce qu'il a touché ta chevelure.
Tu es belle comme le génie de ma patrie au milieu de ces débris. Mais Aben-Hamet peut-il espérer de fixer ton cœur ? Qu'est-il auprès de toi ? Il
a parcouru les montagnes avec son père ; il connaît
les plantes du désert... hélas ! il n'en est pas une
seule qui pût le guérir de la blessure que tu lui
as faite ! il porte des armes, mais il n'est point chevalier. Je me disais autrefois : L'eau de la mer qui
dort à l'abri dans le creux du rocher est tranquille
et muette, tandis que tout auprès celle de la grande
mer est agitée et bruyante. Aben-Hamet ! ainsi
sera ta vie, silencieuse, paisible, ignorée dans un
coin de terre inconnu, tandis que la cour du sul-
tan est bouleversée par les orages. Je me disais
cela, jeune chrétienne, et tu m'as prouvé que la

tempête peut aussi troubler la goutte d'eau dans
le creux du rocher.

Blanca écoutait avec ravissement ce langage
nouveau pour elle, et dont le tour oriental semblait si bien convenir à la demeure des fées, qu'elle
parcourait avec son amant. L'amour pénétrait
dans son cœur de toutes parts ; elle sentait chan-
celer ses genoux, elle était obligée de s'appuyer
plus fortement sur le bras de son guide. Aben-
Hamet soutenait le doux fardeau, et répétait en
marchant :

« Ah ! que ne suis-je un brillant Abencerrage ! »

— Tu me plairais moins, dit Blanca, car je serais plus tourmentée ; reste obscur et vis pour
moi. Souvent un chevalier célèbre oublie l'amour
pour la renommée.

— Tu n'auras pas ce danger à craindre, répliqua vivement Aben-Hamet.

— Et comment m'aimerais-tu donc, si tu étais
un Abencerrage? dit la descendante de Chimène.

— Je t'aimerais, répondit le More, plus que la
gloire et moins que l'honneur. »

Le soleil était descendu sous l'horizon, pendant
la promenade des deux amants. Ils avaient parcouru tout l'Alhambra. Quels souvenirs offerts à
la pensée d'Aben-Hamet ! Ici la sultane recevait
par des soupiraux la fumée des parfums qu'on
brûlait au-dessous d'elle. Là, dans cet asile écarté,
elle se parait de tous les atours de l'Orient. Et
c'était Blanca, c'était une femme adorée qui ra-
contait ces détails au beau jeune homme qu'elle
idolâtrait.

La lune, en se levant, répandit sa clarté douteuse dans les sanctuaires abandonnés, et dans les parvis déserts de l'Alhambra. Ses blancs rayons dessinaient sur le gazon des parterres, sur les murs des salles, la dentelle d'une architecture aérienne, les cintres des cloîtres, l'ombre mobile des eaux jaillissantes, et celles des arbustes balancés par le zéphyr. Le rossignol chantait dans un cyprès qui perçait les dômes d'une mosquée en ruine, et les échos répétaient ses plaintes. Aben-Hamet écrivit, au clair de la lune, le nom de Blanca sur le marbre de la salle des Deux-Sœurs; il traça ce nom en caractères arabes, afin que le voyageur eût un mystère de plus à deviner dans ce palais des mystères.

« More, ces jeux sont cruels, dit Blanca, quittons ces lieux. Le destin de ma vie est fixé pour jamais. Retiens bien ces mots : Musulman, je suis ton amante sans espoir; chrétien, je suis ton épouse fortunée. »

Aben-Hamet répondit : « Chrétienne, je suis ton esclave désolé; musulmane, je suis ton époux glorieux. »

Et ces nobles amants sortirent de ce dangereux palais.

La passion de Blanca s'augmenta de jour en jour, et celle d'Aben-Hamet s'accrut avec la même violence. Il était si enchanté d'être aimé pour lui seul, de ne devoir à aucune cause étrangère les sentiments qu'il inspirait, qu'il ne révéla point le secret de sa naissance à la fille du duc de Santa-Fé : il se faisait un plaisir délicat de lui apprendre qu'il portait un nom illustre, le jour même où elle consentirait à lui donner sa main. Mais il

fut tout à coup rappelé à Tunis : sa mère, atteinte
d'un mal sans remède, voulait embrasser son fils,
et le bénir avant d'abandonner la vie. Aben-Hamet se présente au palais de Blanca. « Sultane, lui
dit-il, ma mère va mourir. Elle me demande pour
lui fermer les yeux. Me conserveras-tu ton amour?

— Tu me quittes! répondit Blanca pâlissante.
Te reverrai-je jamais?

— Viens, dit Aben-Hamet. Je veux exiger de
toi un serment et t'en faire un que la mort seule
pourrait briser. Suis-moi. »

Ils sortent; ils arrivent à un cimetière qui fut
jadis celui des Mores. On voyait encore çà et là
de petites colonnes funèbres autour desquelles le
sculpteur figura jadis un turban; mais les chrétiens avaient depuis remplacé ce turban par une
croix. Aben-Hamet conduisit Blanca au pied de
ces colonnes.

« Blanca, dit-il, mes ancêtres reposent ici; je
jure par leurs cendres de t'aimer jusqu'au jour
où l'ange du jugement m'appellera au tribunal
d'Allah. Je te promets de ne jamais engager mon
cœur à une autre femme, et de te prendre pour
épouse aussitôt que tu connaîtras la sainte lumière du prophète. Chaque année, à cette époque, je reviendrai à Grenade pour voir si tu m'as
gardé ta foi et si tu veux renoncer à tes erreurs.

— Et moi, dit Blanca en larmes, je t'attendrai
tous les ans; je te conserverai jusqu'à mon dernier soupir la foi que je t'ai jurée, et je te rece-
vrai pour époux lorsque le Dieu des chrétiens,
plus puissant que ton amante, aura touché ton
cœur infidèle. »

Aben-Hamet part; les vents l'emportent aux bords africains : sa mère venait d'expirer. Il la pleure, il embrasse son cercueil. Les mois s'écoulent. Tantôt errant parmi les ruines de Carthage, tantôt assis sur le tombeau de saint Louis, l'Abencerrage exilé appelle le jour qui doit le ramener à Grenade. Ce jour se lève enfin : Aben-Hamet monte un vaisseau et fait tourner la proue vers Malaga. Avec quel transport, avec quelle joie mêlée de crainte il aperçut les premiers promontoires de l'Espagne! Blanca l'attend-elle sur ces bords? Se souvient-elle encore d'un pauvre Arabe qui ne cessa de l'adorer sous le palmier du désert?

La fille du duc de Santa-Fé n'était point infidèle à ses serments. Elle avait prié son père de la conduire à Malaga. Du haut des montagnes qui bordaient la côte inhabitée, elle suivait des yeux les vaisseaux lointains et les voiles fugitives. Pendant la tempête elle contemplait avec effroi la mer soulevée par les vents : elle aimait alors à se perdre dans les nuages, à s'exposer dans les passages dangereux, à se sentir baignée par les mêmes vagues, enlevée par le même tourbillon qui menaçait les jours d'Aben-Hamet. Quand elle voyait la mouette plaintive raser les flots avec ses grandes ailes recourbées, et voler vers les rivages de l'Afrique, elle la chargeait de toutes ces paroles d'amour, de tous ces vœux insensés qui sortent d'un cœur que la passion dévore.

Un jour qu'elle errait sur les grèves, elle aperçut une longue barque dont la proue élevée, le mât penché et la voile latine annonçaient l'élégant

génie des Mores. Blanca court au port, et voit
bientôt entrer le vaisseau barbaresque qui faisait
écumer l'onde sous la rapidité de sa course. Un
More, couvert de superbes habits, se tenait debout sur la proue. Derrière lui deux esclaves
noirs arrêtaient par le frein un cheval arabe, dont
les naseaux fumants et les crins épars annonçaient
à la fois son naturel ardent, et la frayeur que lui
inspirait le bruit des vagues. La barque arrive,
abaisse ses voiles, touche au môle, présente le
flanc : le More s'élance sur la rive qui retentit
du son de ses armes. Les esclaves font sortir le
coursier tigré comme un léopard, qui hennit et
bondit de joie en retrouvant la terre. D'autres esclaves descendent doucement une corbeille où reposait une gazelle couchée parmi des feuilles de
palmier. Ses jambes fines étaient attachées et
ployées sous elle, de peur qu'elles ne se fussent
brisées dans les mouvements du vaisseau : elle
portait un collier de graines d'aloès; et sur une
plaque d'or qui servait à rejoindre les deux bouts
du collier, étaient gravés, en arabe, un nom et un
talisman.

Blanca reconnaît Aben-Hamet; elle n'ose se
trahir aux yeux de la foule; elle se retire, et envoie Dorothée, une de ses femmes, avertir l'Abencerrage qu'elle l'attend au palais des Mores. Aben-
Hamet présentait dans ce moment au gouverneur
son firman écrit en lettres d'azur sur un vélin
précieux et renfermé dans un fourreau de soie.
Dorothée s'approche et conduit l'heureux Abencerrage aux pieds de Blanca. Quels transports en
se retrouvant tous deux fidèles! Quel bonheur de

se revoir, après avoir été si longtemps séparés! Quels nouveaux serments de s'aimer toujours!

Les deux esclaves noirs amènent le cheval numide, qui, au lieu de selle, n'avait sur le dos qu'une peau de lion, rattachée par une zone de pourpre. On apporte ensuite la gazelle. « Sultane, dit Aben-Hamet, c'est un chevreuil de mon pays, presque aussi léger que toi. » Blanca détache elle-même l'animal charmant qui semblait la remercier, en jetant sur elle les regards les plus doux. Pendant l'absence de l'Abencerrage, la fille du duc de Santa-Fé avait étudié l'arabe : elle lut avec des yeux attendris son propre nom sur le collier de la gazelle. Celle-ci, rendue à la liberté, se soutenait à peine sur ses pieds si longtemps enchaînés; elle se couchait à terre et appuyait sa tête sur les genoux de sa maîtresse. Blanca lui présentait des dattes nouvelles, et caressait cette chevrette du désert, dont la peau fine avait retenu l'odeur du bois d'aloès et de la rose de Tunis.

L'Abencerrage, le duc de Santa-Fé et sa fille partirent ensemble pour Grenade. Les jours du couple heureux s'écoulèrent comme ceux de l'année précédente : mêmes promenades, mêmes regrets à la vue de la patrie, même amour ou plutôt amour toujours croissant, toujours partagé; mais aussi même attachement dans les deux amants à la religion de leurs pères. « Sois chrétien, disait Blanca. — Sois musulmane, » disait Aben-Hamet. Et ils se séparèrent encore une fois sans avoir succombé à la passion qui les entraînait l'un vers l'autre.

Aben-Hamet reparut la troisième année, comme

ces oiseaux voyageurs que l'amour ramène au
printemps dans nos climats. Il ne trouva point
Blanca au rivage ; mais une lettre de cette femme
adorée apprit au fidèle Arabe le départ du duc de
Santa-Fé pour Madrid, et l'arrivée de don Carlos
à Grenade. Don Carlos était accompagné d'un
prisonnier français, ami du frère de Blanca. Le
More sentit son cœur se serrer à la lecture de
cette lettre. Il partit de Malaga pour Grenade
avec les plus tristes pressentiments. Les montagnes lui parurent d'une solitude effrayante, et il
tourna plusieurs fois la tête pour regarder la mer
qu'il venait de traverser.

Blanca, pendant l'absence de son père, n'avait
pu quitter un frère qu'elle aimait, un frère qui
voulait en sa faveur se dépouiller de tous ses
biens, et qu'elle revoyait après sept années d'absence. Don Carlos avait tout le courage et toute
la fierté de sa nation : terrible comme les conquérants du nouveau monde, parmi lesquels il avait
fait ses premières armes, religieux comme les
chevaliers espagnols vainqueurs des Mores, il
nourrissait dans son cœur contre les infidèles la
haine qu'il avait héritée du sang du Cid.

Thomas de Lautrec, de l'illustre maison de Foix,
où la beauté dans les femmes et la valeur dans les
hommes passaient pour un don héréditaire, était
frère cadet de la comtesse de Foix, et du brave et
malheureux Odet de Foix, seigneur de Lautrec.
A l'âge de dix-huit ans, Thomas avait été armé
chevalier par Bayard, dans cette retraite qui
coûta la vie au chevalier sans peur et sans reproche. Quelque temps après, Thomas fut percé de

coups et fait prisonnier à Pavie, en défendant le roi-chevalier qui perdit tout alors, *fors l'honneur*.

Don Carlos de Bivar, témoin de la vaillance de Lautrec, avait fait prendre soin des blessures du jeune Français, et bientôt il s'établit entre eux une de ces amitiés héroïques dont l'estime et la vertu sont les fondements. François Ier était retourné en France ; mais Charles-Quint retint les autres prisonniers. Lautrec avait eu l'honneur de partager la captivité de son roi, et de coucher à ses pieds dans la prison. Resté en Espagne après le départ du monarque, il avait été remis sur sa parole à don Carlos, qui venait de l'amener à Grenade.

Lorsque Aben-Hamet se présenta au palais de don Rodrigue, et fut introduit dans la salle où se trouvait la fille du duc de Santa-Fé, il sentit des tourments jusqu'alors inconnus pour lui. Aux pieds de dona Blanca était assis un jeune homme qui la regardait en silence, dans une espèce de ravissement. Ce jeune homme portait un haut-de-chausse de buffle, et un pourpoint de même couleur, serré par un ceinturon d'où pendait une épée aux fleurs de lis. Un manteau de soie était jeté sur ses épaules, et sa tête était couverte d'un chapeau à petits bords, ombragé de plumes : une fraise de dentelle, rabattue sur sa poitrine, laissait voir son cou découvert. Deux moustaches noires comme l'ébène donnaient à son visage naturellement doux un air mâle et guerrier. De larges bottes, qui tombaient et se repliaient sur ses pieds, portaient l'éperon d'or, marque de la chevalerie.

A quelque distance, un autre chevalier se tenait debout, appuyé sur la croix de fer de sa longue épée : il était vêtu comme l'autre chevalier ; mais il paraissait plus âgé. Son air austère, bien qu'ardent et passionné, inspirait le respect et la crainte. La croix rouge de Calatrava était brodée sur son pourpoint, avec cette devise : *Pour elle et pour mon roi.*

Un cri involontaire s'échappa de la bouche de Blanca, lorsqu'elle aperçut Aben-Hamet. « Chevaliers, dit-elle aussitôt, voici l'infidèle dont je vous ai tant parlé, craignez qu'il ne remporte la victoire. Les Abencerrages étaient faits comme lui, et nul ne les surpassait en loyauté, courage et galanterie. »

Don Carlos s'avança au-devant d'Aben-Hamet : « Seigneur more, dit-il, mon père et ma sœur m'ont appris votre nom; on vous croit d'une race noble et brave, vous-même vous êtes distingué par votre courtoisie. Bientôt Charles-Quint, mon maître, doit porter la guerre à Tunis, et nous nous verrons, j'espère, au champ d'honneur. »

Aben-Hamet posa la main sur son sein, s'assit à terre sans répondre, et resta les yeux attachés sur Blanca et sur Lautrec. Celui-ci admirait, avec la curiosité de son pays, la robe superbe, les armes brillantes, la beauté du More; Blanca ne paraissait point embarrassée; toute son âme était dans ses yeux : la sincère Espagnole n'essayait point de cacher le secret de son cœur. Après quelques moments de silence, Aben-Hamet se leva, s'inclina devant la fille de don Rodrigue, et se retira. Étonné du maintien du More et des regards de Blanca, Lautrec sortit avec un soupçon qui se changea bientôt en certitude.

Don Carlos resta seul avec sa sœur. « Blanca, lui dit-il, expliquez-vous! D'où naît le trouble que vous a causé la vue de cet étranger?

— Mon frère, répondit Blanca, j'aime Aben-Hamet, et, s'il veut se faire chrétien, ma main est à lui.

— Quoi! s'écria don Carlos, la fille des Bivar aime un More, un infidèle, un ennemi que nous avons chassé de ces palais!

— Don Carlos, répliqua Blanca, j'aime Aben-Hamet; Aben-Hamet m'aime : depuis trois ans il renonce à moi plutôt que de renoncer à la religion de ses pères. Noblesse, honneur, chevalerie sont en lui; jusqu'à mon dernier soupir je l'adorerai. »

Don Carlos était digne de sentir ce que la résolution d'Aben-Hamet avait de généreux, quoiqu'il déplorât l'aveuglement de cet infidèle. « Infortunée Blanca, dit-il, où te conduira cet amour? J'avais espéré que Lautrec, mon ami, deviendrait mon frère.

— Tu t'étais trompé, répondit Blanca : je ne puis aimer cet étranger. Quant à mes sentiments pour Aben-Hamet, je n'en dois compte à personne. Garde tes serments de chevalerie comme je garderai mes serments d'amour. Sache seulement, pour te consoler, que jamais Blanca ne sera l'épouse d'un infidèle.

— Notre famille disparaîtra donc de la terre! s'écria don Carlos.

— C'est à toi de la faire revivre, dit Blanca.

Qu'importent d'ailleurs des fils que tu ne verras point, et qui dégénéreront de ta vertu? Don Carlos, je sens que nous sommes les derniers de notre race ; nous sortons trop de l'ordre commun pour que notre sang fleurisse après nous : le Cid fut notre aïeul, il sera notre postérité. » Blanca sortit.

Don Carlos vole chez l'Abencerrage. « More, lui dit-il, renonce à ma sœur ou accepte le combat.

— Es-tu chargé par ta sœur, répondit Aben-Hamet, de me redemander les serments qu'elle m'a faits ?

— Non, répliqua don Carlos, elle t'aime plus que jamais.

— Ah ! digne frère de Blanca ! s'écria Aben-Hamet en l'interrompant, je dois tenir tout mon bonheur de ton sang ! O fortuné Aben-Hamet ! ô heureux jour ! je croyais Blanca infidèle pour ce chevalier français...

— Et c'est là ton malheur ! s'écria à son tour don Carlos hors de lui; Lautrec est mon ami; sans toi il serait mon frère. Rends-moi raison des larmes que tu fais verser à ma famille.

— Je le veux bien, répondit Aben-Hamet; mais né d'une race qui peut-être a combattu la tienne, je ne suis pourtant point chevalier. Je ne vois ici personne pour me conférer l'ordre qui te permettra de te mesurer avec moi sans descendre de ton rang. »

Don Carlos, frappé de la réflexion du More, le regarda avec un mélange d'admiration et de fureur. Puis tout à coup : « C'est moi qui t'armerai chevalier ! tu en es digne ! »

Aben-Hamet fléchit le genou devant don Carlos, qui lui donne l'accolade en lui frappant trois fois l'épaule du plat de son épée ; ensuite don Carlos lui ceint cette même épée que l'Abencerrage va peut-être lui plonger dans la poitrine : tel était l'antique honneur.

Tous deux s'élancent sur leurs coursiers, sortent des murs de Grenade et volent à la fontaine du Pin. Les duels des Mores et des chrétiens avaient depuis longtemps rendu cette source célèbre. C'était là que Malique Alabès s'était battu contre Ponce de Léon, et que le grand maître de Calatrava avait donné la mort au valeureux Abayados. On voyait encore les débris des armes de ce chevalier more suspendus aux branches du pin, et l'on apercevait sur l'écorce de l'arbre quelques lettres d'une inscription funèbre. Don Carlos montra de la main la tombe d'Abayados à l'Abencerrage : « Imite, lui cria-t-il, ce brave infidèle, et reçois le baptême et la mort de ma main.

— La mort peut-être, répondit Aben-Hamet : mais vivent Allah et le prophète ! »

Ils prirent aussitôt du champ, et coururent l'un sur l'autre avec furie. Ils n'avaient que leurs épées : Aben-Hamet était moins habile dans les combats que don Carlos, mais la bonté de ses armes, trempées à Damas, et la légèreté de son cheval arabe, lui donnaient encore l'avantage sur son ennemi. Il lança son coursier comme les Mores, et avec son large étrier tranchant, il coupa la jambe droite du cheval de don Carlos au-dessous du genou. Le cheval blessé s'abattit, et don Carlos, démonté par ce coup heureux, marcha

sur Aben-Hamet l'épée haute. Aben-Hamet saute
à terre et reçoit don Carlos avec intrépidité. Il
pare les premiers coups de l'Espagnol, qui brise
son épée sur le fer de Damas. Trompé deux fois
par la fortune, don Carlos verse des pleurs de
rage, et crie à son ennemi : « Frappe, More,
frappe ; don Carlos désarmé te défie, toi et toute
ta race infidèle.

— Tu pouvais me tuer, répond l'Abencerrage,
mais je n'ai jamais songé à te faire la moindre
blessure : j'ai voulu seulement te prouver que
j'étais digne d'être ton frère, et t'empêcher de
me mépriser. »

Dans cet instant on aperçoit un nuage de poussière : Lautrec et Blanca pressaient deux cavales
de Fez plus légères que les vents. Ils arrivent à la
fontaine du Pin et voient le combat suspendu.

« Je suis vaincu, dit don Carlos, ce chevalier
m'a donné la vie. Lautrec, vous serez peut-être
plus heureux que moi.

— Mes blessures, dit Lautrec d'une voix noble
et gracieuse, me permettent de refuser le combat
contre ce chevalier courtois. Je ne veux point,
ajouta-t-il en rougissant, connaître le sujet de votre querelle, et pénétrer un secret qui porterait
peut-être la mort dans mon sein. Bientôt mon
absence fera renaître la paix parmi vous, à moins
que Blanca ne m'ordonne de rester à ses pieds.

— Chevalier, dit Blanca, vous demeurerez auprès de mon frère ; vous me regarderez comme
votre sœur. Tous les cœurs qui sont ici éprouvent
des chagrins ; vous apprendrez de nous à supporter les maux de la vie. »

Blanca voulut contraindre les trois chevaliers à
se donner la main ; tous les trois s'y refusèrent :
« Je hais Aben-Hamet ! s'écria don Carlos. — Je
l'envie, dit Lautrec. — Et moi, dit l'Abencerrage,
j'estime don Carlos, et je plains Lautrec, mais je
ne saurais les aimer.

— Voyons-nous toujours, dit Blanca, et tôt ou
tard l'amitié suivra l'estime. Que l'événement fatal
qui nous rassemble ici soit à jamais ignoré de Grenade ! »

Aben-Hamet devint, dès ce moment, mille fois
plus cher à la fille du duc de Santa-Fé : l'amour
aime la vaillance ; il ne manquait plus rien à
l'Abencerrage, puisqu'il était brave, et que don
Carlos lui devait la vie. Aben-Hamet, par le conseil de Blanca, s'abstint, pendant quelques jours,
de se présenter au palais, afin de laisser se calmer
la colère de don Carlos. Un mélange de sentiments
doux et amers remplissait l'âme de l'Abencerrage ;
si, d'un côté, l'assurance d'être aimé avec tant de
fidélité et d'ardeur était pour lui une source iné-
puisable de délices ; d'un autre côté, la certitude
de n'être jamais heureux sans renoncer à la religion de ses pères accablait le courage d'Aben-Hamet. Déjà plusieurs années s'étaient écoulées sans
apporter de remède à ses maux : verrait-il ainsi
s'écouler le reste de sa vie ?

Il était plongé dans un abîme de réflexions les
plus sérieuses et les plus tendres, lorsqu'un soir
il entendit sonner cette prière chrétienne qui
annonce la fin du jour. Il lui vint en pensée d'entrer dans le temple du Dieu de Blanca, et de demander des conseils au maître de la nature.

Il sort, il arrive à la porte d'une ancienne mosquée convertie en église par les fidèles. Le cœur saisi de tristesse et de religion, il pénètre dans le temple qui fut autrefois celui de son Dieu et de sa patrie. La prière venait de finir ; il n'y avait plus personne dans l'église. Une sainte obscurité régnait à travers une multitude de colonnes qui ressemblaient aux troncs des arbres d'une forêt régulièrement plantée. L'architecture légère des Arabes s'était mariée à l'architecture gothique, et, sans rien perdre de son élégance, elle avait pris une gravité plus convenable aux méditations. Quelques lampes éclairaient à peine les enfoncements des voûtes ; mais à la clarté de plusieurs cierges allumés on voyait encore briller l'autel du sanctuaire : il étincelait d'or et de pierreries. Les Espagnols mettent toute leur gloire à se dépouiller de leurs richesses pour en parer les objets de leur culte ; et l'image du Dieu vivant placée au milieu des voiles de dentelles, des couronnes de perles et des gerbes de rubis, est adorée par un peuple à demi nu.

On ne remarquait aucun siége au milieu de la vaste enceinte : un pavé de marbre qui recouvrait des cercueils servait aux grands comme aux petits, pour se prosterner devant le Seigneur. Aben-Hamet s'avançait lentement dans les nefs désertes qui retentissaient du seul bruit de ses pas. Son esprit était partagé entre les souvenirs que cet ancien édifice de la religion des Mores retraçait à sa mémoire, et les sentiments que la religion faisait naître dans son cœur. Il entrevit, au pied d'une colonne, une figure immobile, qu'il

prit d'abord pour une statue sur un tombeau. Il
s'en approche; il distingue un jeune chevalier
à genoux, le front respectueusement incliné et
les deux bras croisés sur sa poitrine. Ce chevalier
ne fit aucun mouvement au bruit des pas d'Aben-
Hamet; aucune distraction, aucun signe exté-
rieur de vie ne troubla sa profonde prière. Son
épée était couchée à terre devant lui, et son chapeau chargé de plumes était posé sur le marbre à
ses côtés : il avait l'air d'être fixé dans cette attitude par l'effet d'un enchantement. C'était Lautrec. « Ah ! dit l'Abencerrage en lui-même, ce
jeune et beau Français demande au ciel quelque
faveur signalée ; ce guerrier, déjà célèbre par son
courage, répand ici son cœur devant le souverain
du ciel, comme le plus humble et le plus obscur
des hommes. Prions donc aussi le Dieu des chevaliers de la gloire. »

Aben-Hamet allait se précipiter sur le marbre,
lorsqu'il aperçut, à la lueur d'une lampe, des
caractères arabes et un verset du Coran, qui paraissaient sous un plâtre à demi tombé. Les remords rentrent dans son cœur, et il se hâte de
quitter l'édifice où il a pensé devenir infidèle à sa
religion et à sa patrie.

Le cimetière qui environnait cette ancienne
mosquée était une espèce de jardin planté d'orangers, de cyprès, de palmiers, et arrosé par deux
fontaines ; un cloître régnait à l'entour. Aben-
Hamet, en passant sous un des portiques, aperçut
une femme prête à entrer dans l'église. Quoiqu'elle
fût enveloppée d'un voile, l'Abencerrage reconnut la fille du duc de Santa-Fé; il l'arrête et lui

dit : « Viens-tu chercher Lautrec dans ce temple ?

— Laisse là ces vulgaires jalousies, répondit Blanca ; si je ne t'aimais plus, je te le dirais : je dédaignerais de te tromper. Je viens ici prier pour toi ; toi seul es maintenant l'objet de mes vœux : j'oublie mon âme pour la tienne. Il ne fallait pas m'enivrer du poison de ton amour, ou il fallait consentir à servir le Dieu que je sers. Tu troubles toute ma famille ; mon frère te hait ; mon père est accablé de chagrin, parce que je refuse de choisir un époux. Ne t'aperçois-tu pas que ma santé s'altère ? Vois cet asile de la mort ; il est enchanté ! Je m'y reposerai bientôt, si tu ne te hâtes de recevoir ma foi au pied de l'autel des chrétiens. Les combats que j'éprouve minent peu à peu ma vie ; la passion que tu m'inspires ne soutiendra pas toujours ma frêle existence : songe, ô More, pour te parler ton langage, que le feu qui allume le flambeau est aussi le feu qui le consume. »

Blanca entre dans l'église, et laisse Aben-Hamet accablé de ces dernières paroles.

C'en est fait : l'Abencerrage est vaincu ; il va renoncer aux erreurs de son culte ; assez longtemps il a combattu. La crainte de voir Blanca mourir l'emporte sur tout autre sentiment dans le cœur d'Aben-Hamet. Après tout, se disait-il, le Dieu des Chrétiens est peut-être le Dieu véritable ? Ce Dieu est toujours le Dieu des nobles âmes, puisqu'il est celui de Blanca, de don Carlos et de Lautrec.

Dans cette pensée, Aben-Hamet attendit avec

impatience le lendemain pour faire connaître sa
résolution à Blanca, et changer une vie de tristesse et de larmes en une vie de joie et de bonheur. Il ne put se rendre au palais du duc de
Santa-Fé que le soir. Il apprit que Blanca était
allée avec son frère au Généralife, où Lautrec
donnait une fête. Aben-Hamet, agité de nouveaux
soupçons, vole sur les traces de Blanca. Lautrec
rougit en voyant paraître l'Abencerrage ; quant à
don Carlos, il reçut le More avec une froide politesse, mais à travers laquelle perçait l'estime.

Lautrec avait fait servir les plus beaux fruits
de l'Espagne et de l'Afrique dans une des salles
du Généralife, appelée la salle des Chevaliers.
Tout autour de cette salle étaient suspendus les
portraits des princes et des chevaliers vainqueurs
des Mores, Pélasge, le Cid, Gonzalve de Cordoue.
L'épée du dernier roi de Grenade était attachée
au-dessous de ces portraits. Aben-Hamet renferma
sa douleur en lui-même, et dit seulement comme
le lion, en regardant ces tableaux : « Nous ne
savons pas peindre. »

Le généreux Lautrec, qui voyait les yeux de
l'Abencerrage se tourner malgré lui vers l'épée
de Boabdil, lui dit : « Chevalier more, si j'avais
prévu que vous m'eussiez fait l'honneur de venir
à cette fête, je ne vous aurais pas reçu ici. On
perd tous les jours une épée, et j'ai vu le plus
vaillant des rois remettre la sienne à son heureux
ennemi.

— Ah! s'écria le More en se couvrant le visage
d'un pan de sa robe, on peut la perdre comme
François 1er ; mais comme Boabdil !... »

La nuit vint ; on apporta des flambeaux ; la conversation changea de cours. On pria don Carlos de raconter la découverte du Mexique. Il parla de ce monde inconnu avec l'éloquence pompeuse naturelle à la nation espagnole. Il dit les malheurs de Montézume, les mœurs des Américains, les prodiges de la valeur castillane, et même les cruautés de ses compatriotes qui ne lui semblaient mériter ni blâme ni louange. Ces récits enchantaient Aben-Hamet, dont la passion pour les histoires merveilleuses trahissait le sang arabe. Il fit à son tour le tableau de l'empire ottoman, nouvellement assis sur les ruines de Constantinople, non sans donner des regrets au premier empire de Mahomet ; temps heureux où le commandeur des croyants voyait briller autour de lui Zobéide, Fleur de beauté, Force des cœurs, Tourmente, et ce généreux Ganem, esclave par amour. Quant à Lautrec, il peignit la cour galante de François Ier, les arts renaissant du sein de la barbarie, l'honneur, la loyauté, la chevalerie des anciens temps, unis à la politesse des siècles civilisés, les tourelles gothiques ornées des ordres de la Grèce, et les dames gauloises rehaussant la richesse de leurs atours par l'élégance athénienne.

Après ces discours, Lautrec, qui voulait amuser la divinité de cette fête, prit une guitare, et chanta cette romance qu'il avait composée sur un air des montagnes de son pays :

> Combien j'ai douce souvenance
> Du joli lieu de ma naissance !
> Ma sœur, qu'ils étaient beaux les jours
> De France !

O mon pays, sois mes amours
    Toujours !

Te souvient-il que notre mère,
Au foyer de notre chaumière,
Nous pressait sur son cœur joyeux,
    Ma chère ;
Et nous baisions ses blancs cheveux
    Tous deux.

Ma sœur, te souvient-il encore
Du château que baignait la Dore
Et de cette tant vieille tour
    Du More,
Où l'airain sonnait le retour
    Du jour ?

Te souviens-il du lac tranquille
Qu'effleurait l'hirondelle agile,
Du vent qui courbait le roseau
    Mobile,
Et du soleil couchant sur l'eau,
    Si beau ?

Oh ! qui me rendra mon Hélène,
Et ma montagne et le grand chêne ?
Leur souvenir fait tous les jours
    Ma peine :
Mon pays sera mes amours
    Toujours !

Lautrec, en achevant le dernier couplet, essuya avec son gant une larme que lui arrachait le souvenir du gentil pays de France. Les regrets du beau prisonnier furent vivement sentis par Aben-Hamet, qui déplorait comme Lautrec la perte de sa patrie. Sollicité de prendre à son tour la guitare, il s'en excusa, en disant qu'il ne savait qu'une romance, et qu'elle serait peu agréable à des chrétiens.

« Si ce sont des infidèles qui gémissent de nos victoires, repartit dédaigneusement don Carlos, vous pouvez chanter ; les larmes sont permises aux vaincus.

— Oui, dit Blanca, et c'est pour cela que nos

pères, soumis autrefois au joug des Mores, nous ont laissé tant de complaintes. »

Aben-Hamet chanta donc cette ballade, qu'il avait apprise d'un poëte de la tribu des Abencerrages :

Le roi don Juan,
Un jour chevauchant,
Vit sur la montagne
Grenade d'Espagne.
Il lui dit soudain :
  Cité mignonne,
  Mon cœur te donne
  Avec ma main.

Je t'épouserai,
Puis apporterai
En dons à ta ville,
Cordoue et Séville.
Superbes atours,
  Et perle fine
  Je te destine
  Pour nos amours.

Grenade répond :
Grand roi de Léon,
Au More liée,
Je suis mariée.
Garde tes présents ;
  J'ai pour parure,
  Riche ceinture
  Et beaux enfants.

Ainsi tu disais,
Ainsi tu mentais.
O mortelle injure !
Grenade est parjure !
Un chrétien maudit,
  D'Abencerrage
  Tient l'héritage :
  C'était écrit !

Jamais le chameau
N'apporte au tombeau
Près de la piscine,
L'hadji de Médine.
Un chrétien maudit,
  D'Abencerrage
  Tient l'héritage :
  C'était écrit.

O bel Allambrah !
O palais d'Allah !
Cité des fontaines !
Fleuve aux vertes plaines !
Un chrétien maudit,
  D'Abencerrage
  Tient l'héritage,
  C'était écrit !

La naïveté de ces plaintes avait touché jusqu'au superbe don Carlos, malgré les imprécations prononcées contre les chrétiens. Il aurait bien désiré qu'on le dispensât de chanter lui-même; mais par courtoisie pour Lautrec il crut devoir céder à ses prières. Aben-Hamet donna la guitare au frère de Blanca, qui célébra les exploits du Cid son illustre aïeul.

Prêt à partir pour la rive africaine,
Le Cid armé, tout brillant de valeur,
Sur sa guitare, aux pieds de sa Chimène,
Chantait ces vers que lui dictait l'honneur.

Chimène a dit : Va combattre le More ;
De ce combat surtout reviens vainqueur.
Oui, je croirai que Rodrigue m'adore,
S'il fait céder son amour à l'honneur.

Donnez, donnez et mon casque et ma lance !
Je veux montrer que Rodrigue a du cœur :
Dans les combats signalant sa vaillance,
Son cri sera pour sa dame et l'honneur.

More vanté par ta galanterie,
De tes accents mon noble chant vainqueur
D'Espagne un jour deviendra la folie,
Car il peindra l'amour avec l'honneur.

Dans le vallon de notre Andalousie,
Les vieux chrétiens conteront ma valeur !
Il préféra, diront-ils, à la vie,
Son Dieu, son roi, sa Chimène et l'honneur [1].

Don Carlos avait paru si fier, en chantant ces paroles d'une voix mâle et sonore, qu'on l'aurait pris pour le Cid lui-même. Lautrec partageait l'enthousiasme guerrier de son ami ; mais l'Abencerrage avait pâli au nom du Cid.

« Ce chevalier, dit-il, que les chrétiens appellent la Fleur des batailles, porte parmi nous le nom de cruel. Si sa générosité avait égalé sa valeur... !

— Sa générosité, repartit vivement don Carlos interrompant Aben-Hamet, surpassait encore son courage, et il n'y a que des Mores qui puissent calomnier le héros à qui ma famille doit le jour.

— Que dis-tu ? s'écria Aben-Hamet s'élançant du siége où il était à demi couché : tu comptes le Cid parmi tes aïeux !

— Son sang coule dans mes veines, répliqua don Carlos, et je me reconnais de ce noble sang à

---

[1] Ces trois romances n'ont quelque mérite qu'autant qu'elles sont chantées sur trois vieux airs véritablement nationaux ; elles amènent d'ailleurs le dénoûment.

la haine qui brûle dans mon cœur contre les ennemis de mon Dieu.

— Ainsi, dit Aben-Hamet regardant Blanca,
vous êtes de la maison de ces Bivar qui, après la
conquête de Grenade, envahirent les foyers des
malheureux Abencerrages et donnèrent la mort
à un vieux chevalier de ce nom qui voulut défendre le tombeau de ses aïeux?

— More, s'écria don Carlos enflammé de colère, sache que je ne me laisse point interroger.
Si je possède aujourd'hui la dépouille des Abencerrages, mes ancêtres l'ont acquise au prix de
leur sang, et ils ne la doivent qu'à leur épée.

— Encore un mot, dit Aben-Hamet toujours
plus ému : nous avons ignoré dans notre exil que
les Bivar eussent porté le titre de Santa-Fé, c'est
ce qui a causé mon erreur.

— Ce fut, répondit don Carlos, à ce même Bivar, vainqueur des Abencerrages, que ce titre fut
conféré par Ferdinand le Catholique. »

La tête d'Aben-Hamet se pencha dans son sein ;
il resta debout au milieu de don Carlos, de Lautrec et de Blanca étonnés. Deux torrents de larmes coulèrent de ses yeux sur le poignard attaché
à sa ceinture. « Pardonnez, dit-il ; les hommes,
je le sais, ne doivent pas répandre des larmes :
désormais les miennes ne couleront plus au dehors, quoiqu'il me reste beaucoup à pleurer :
écoutez-moi.

« Blanca, mon amour pour toi égale l'ardeur
des vents brûlants de l'Arabie. J'étais vaincu ; je
ne pouvais plus vivre sans toi. Hier, la vue de ce
chevalier français en prière, tes paroles dans le

cimetière du temple, m'avaient fait prendre la
résolution de connaître ton Dieu, et de t'offrir ma
foi. »

Un mouvement de joie de Blanca, et de surprise de don Carlos, interrompit Aben-Hamet;
Lautrec cacha son visage dans ses deux mains.
Le More devina sa pensée, et secouant la tête
avec un sourire déchirant : « Chevalier, dit-il,
ne perds pas toute espérance; et toi, Blanca,
pleure à jamais le dernier Abencerrage. »

Blanca, don Carlos, Lautrec lèvent tous trois les
mains au ciel, et s'écrient : « Le dernier Abencerrage ! »

Le silence règne; la crainte, l'espoir, la haine,
l'amour, l'étonnement, la jalousie, agitent tous
les cœurs; Blanca tombe bientôt à genoux.

« Dieu de bonté ! dit-elle, tu justifies mon
choix ! je ne pouvais aimer que le descendant des
héros.

— Ma sœur, s'écria don Carlos irrité, songez
donc que vous êtes ici devant Lautrec !

— Don Carlos, dit Aben-Hamet, suspends ta
colère; c'est à moi à vous rendre le repos. »

Alors s'adressant à Blanca qui s'était assise de
nouveau :

« Houri du ciel, génie de l'amour et de la
beauté, Aben-Hamet sera ton esclave jusqu'à son
dernier soupir; mais connais toute l'étendue de
son malheur. Le vieillard immolé par ton aïeul
en défendant ses foyers, était le père de mon père;
apprends encore un secret que je t'ai caché, ou
plutôt que tu m'avais fait oublier. Lorsque je vins
la première fois visiter cette triste patrie, j'avais

surtout pour dessein de chercher quelque fils de
Bivar, qui pût me rendre compte du sang que ses
pères avaient versé.

— Eh bien ! dit Blanca d'une voix douloureuse,
mais soutenue par l'accent d'une grande âme,
quelle est ta résolution ?

— La seule qui soit digne de toi, répondit Aben-
Hamet : te rendre tes serments, satisfaire par
mon éternelle absence et par ma mort à ce que
nous devons l'un et l'autre à l'inimitié de nos dieux,
de nos patries et de nos familles. Si jamais mon
image s'effaçait de ton cœur, si le temps, qui détruit tout, emportait de ta mémoire le souvenir
d'Abencerrage... ce chevalier français... Tu dois
ce sacrifice à ton frère. »

Lautrec se lève avec impétuosité, se jette dans
les bras du More. « Aben-Hamet ! s'écrie-t-il, ne
crois pas me vaincre en générosité : je suis Français ; Bayard m'arma chevalier ; j'ai versé mon
sang pour mon roi ; je serai, comme mon parrain
et comme mon prince, sans peur et sans reproche.
Si tu restes parmi nous, je supplie don Carlos de
t'accorder la main de sa sœur ; si tu quittes Grenade, jamais un mot de mon amour ne troublera
ton amante. Tu n'emporteras point dans ton exil
la funeste idée que Lautrec, insensible à ta vertu,
cherche à profiter de ton malheur. »

Et le jeune chevalier pressait le More sur son
sein avec la chaleur et la vivacité d'un Français.

« Chevalier, dit don Carlos à son tour, je n'attendais pas moins de vos illustres races. Aben-
Hamet, à quelle marque puis-je vous reconnaître
pour le dernier Abencerrage?

— A ma conduite, répondit Aben-Hamet.

— Je l'admire, dit l'Espagnol ; mais avant de m'expliquer, montrez-moi quelque signe de votre naissance. »

Aben-Hamet tira de son sein l'anneau héréditaire des Abencerrages qu'il portait suspendu à une chaîne d'or.

A ce signe, don Carlos tendit la main au malheureux Aben-Hamet. « Sire chevalier, dit-il, je vous tiens pour prud'homme et véritable fils de rois. Vous m'honorez par vos projets sur ma famille : j'accepte le combat que vous étiez venu secrètement chercher. Si je suis vaincu, tous mes biens, autrefois tous les vôtres, vous seront fidèlement remis. Si vous renoncez au projet de combattre, acceptez à votre tour ce que je vous offre : soyez chrétien, et recevez la main de ma sœur, que Lautrec a demandée pour vous. »

La tentation était grande ; mais elle n'était pas au-dessus des forces d'Aben-Hamet. Si l'amour dans toute sa puissance parlait au cœur de l'Abencerrage, d'une autre part il ne pensait qu'avec épouvante à l'idée d'unir le sang des persécuteurs au sang des persécutés. Il pouvait voir l'ombre de son aïeul sortir du tombeau et lui reprocher cette alliance sacrilège. Transpercé de douleur, Aben-Hamet s'écrie : « Ah ! faut-il que je rencontre ici tant d'âmes sublimes, tant de caractères généreux, pour mieux sentir ce que je perds ! Que Blanca prononce ; qu'elle dise ce qu'il faut que je fasse, pour être plus digne de son amour ! »

Blanca s'écrie : « Retourne au désert ! » Et elle s'évanouit.

Aben-Hamet se prosterna, adora Blanca encore plus que le ciel, et sortit sans prononcer une seule parole. Dès la nuit même il partit pour Malaga, et s'embarqua sur un vaisseau qui devait toucher à Oran. Il trouva campée près de cette ville la caravane qui tous les trois ans sort de Maroc, traverse l'Afrique, se rend en Egypte et rejoint dans l'Yemen la caravane de la Mecque. Aben-Hamet se mit au nombre des pèlerins.

Blanca, dont les jours furent d'abord menacés, revint à la vie. Lautrec, fidèle à la parole qu'il avait donnée à l'Abencerrage, s'éloigna ; et jamais un mot de son amour ou de sa douleur ne troubla la mélancolie de la fille du duc de Santa-Fé. Chaque année Blanca allait errer sur les montagnes de Malaga, à l'époque où son amant avait coutume de revenir d'Afrique ; elle s'asseyait sur les rochers, regardait la mer, les vaisseaux lointains, et retournait ensuite à Grenade : elle passait le reste de ses jours parmi les ruines de l'Alhambra. Elle ne se plaignait point ; elle ne pleurait point ; elle ne parlait jamais d'Aben-Hamet : un étranger l'aurait crue heureuse. Elle resta seule de sa famille. Son père mourut de chagrin, et don Carlos fut tué dans un duel où Lautrec lui servit de second. On n'a jamais su quelle fut la destinée d'Aben-Hamet.

Lorsqu'on sort de Tunis, par la porte qui conduit aux ruines de Carthage, on trouve un cimetière sous un palmier ; dans un coin de ce cimetière, on m'a montré un tombeau qu'on appelle *le tombeau du dernier Abencerrage*. Il n'a rien de remarquable ; la pierre sépulcrale en est tout unie : seulement, d'après une coutume des Mores, on a creusé au milieu de cette pierre un léger enfoncement avec le ciseau. L'eau de la pluie se rassemble au fond de cette coupe funèbre et sert, dans un climat brûlant, à désaltérer l'oiseau du ciel.

FIN.

www.ingramcontent.com/pod-product-compliance
Lightning Source LLC
Chambersburg PA
CBHW051832020726
47502CB00005B/1740